U0500833

通往未来的列車

曾杲 著

四川文艺出版社

图书在版编目（CIP）数据

通往未来的列车 / 曾杲著. — 成都：四川文艺出版社, 2019.8

ISBN 978-7-5411-5478-2

Ⅰ.①通… Ⅱ.①曾… Ⅲ.①散文集－中国－当代 Ⅳ.①I267

中国版本图书馆CIP数据核字（2019）第173186号

TONGWANGWEILAIDELIECHE

通往未来的列车

曾杲 著

责任编辑　朱　兰　蔡　曦
封面题字　莫　言
封面设计　叶　茂
责任校对　蓝　海
责任印制　崔　娜

出版发行　四川文艺出版社（成都市槐树街 2 号）
网　　址　www.scwys.com
电　　话　028-86259287（发行部）　028-86259303（编辑部）
传　　真　028-86259306

邮购地址　成都市槐树街 2 号四川文艺出版社邮购部　610031
排　　版　四川最近文化传播有限公司
印　　刷　成都市金雅迪彩色印刷有限公司
成品尺寸　142mm×210mm　　　　开　本　32 开
印　　张　7.125　　　　　　　　字　数　160 千
版　　次　2019 年 8 月第一版　　印　次　2019 年 8 月第一次印刷
书　　号　ISBN 978-7-5411-5478-2
定　　价　49.00 元

抱彌精舍主人小像

二〇一九年二月應煇署

抱弥精舍主人小像（何应辉题字、吴浩绘） 70.5 X 30.5cm

目　录

后记

序

　　这本书，是篆刻家曾杲先生的随笔。其内容甚为丰富，囊括了曾杲先生艺术、生活、游学等方面的经历与感悟，文字朴实真挚。既不乏系于过往的怀念，更有对未来的思索。其叙述语言平实真切，其认真务实的态度让人感动。

　　看到这些文字之前，我读过他的一些印谱，治金石者，因为材质与工具的原因，得厚重朴拙易，同时有灵气飞动则难。作为一个篆刻家，我觉得曾杲的印刻在布局与刻画上，浑然厚朴，又时有灵气显现，是一种难得的功夫。这既是技术问题，更体现一个艺术家在审美方面的全面修养。

　　读这本文稿，我想应是了解他获得审美修养的来源——如果不是全部，至少也是部分修养的来源。艺术家并不只是雕章琢句之徒，真正的感悟是来自对文字本体的感悟，于生活中处处留心，记录，并思索，悟性与技术并进，要不成就也难。

　　在这本随笔集中，我喜欢他对往日生活的回味，不管是他童年时在山野中所见的满目缤纷，还是少年时情窦初开的懵懂，其天真烂漫正是一份宝贵的财富。随着阅历的增加，艺术家在技艺上会日趋老成，但与此同时，如何持一份天真烂漫的处子之心却是一个难题。"庾信文章老更成"，但只是一派沧桑，也无非是曾经沧海的意思罢了。而少年初心，可以克服感觉的钝化，对这个世界还抱有欣欣然的好奇心。

艺术家，尤其从事传统艺术的艺术家，在我的经验里，往往陷入过分的老熟而不自知，非但不自知，还会陷入得道者的自负。过于明晰的风格化，反倒会妨碍大器的养成。而在这本书的写作来看，也许曾杲是要有意以这样的文字，来保持人性中最基本最宝贵的气质，不至于使之在时时操作的金石生涯中钝化以至于消失。美国批评家苏珊·桑塔格就非常重视一个艺术家的感受力，而不是技术或某种抽象的观念。虽然技术与观念都是非常重要的，但感受力才是一个艺术家日益精进，更上层楼的最大依凭。

再者，对鉴赏者来说，要了解一个艺术家作品的内涵与包含其中的生命体验，必然需要更多地了解艺术家本人，与这个艺术家建立深刻的情感联系。而这本书，一本艺术家的自供状，便是建立这种情感联系的可靠桥梁。

人生在世，都有各自的幸福与痛苦，有些来自客观环境，有些更出于自己的主观。这不是一个客观的指数，而是主观上的感受。用佛教的观点看，自己了悟了，解脱了才会体悟他人的情感世界。艺术的真谛，也是由己及人的，是通过这个途径，寻求和鉴赏心悦者的情感共振。所以，动笔为文以思考生命及其存在的意义，也是一个深化体验的途径。这本随笔集，也涉笔到这样的方面，无论关乎自己的成长经历中的体悟，抑或学艺过程中师长们的有言与无言之教。

同样地，曾杲还讲述了那些在他生命中忽然出现，在某个时刻触动其心弦，却又忽然消失的人，也有些特别的趣味在。这本是人人都会有的经历，但能否会然于心，就看各人造化了。

与文学的进步相比，美术要显得滞后一些。这话不是我说的，是曾杲自己说的。如果我这样说，搞艺术的朋友们可能有人不满意于我这个当作家的。但从引入新观念，尝试新技法上讲，有时文学自然会走在前面。以五四新文化运动为起点，那时的文学家们敢于革命性地把文言推倒，用白话文重新缔造中国文学，并取得成功就是一个明证。曾杲放下刻刀，在纸上援笔为文，也是有这个意思吗？在我看来，不同文艺门类间跨跨界也是好的。举一个例子，闻一多先生是著名的白话诗人，在唐诗研究上卓有成就，同时也是一位金石家，抗日战争最困难的时刻，是靠卖印所得，来贴补家用，度过那个全民族共同经历的艰难时期。所以，跨界非但不会耽误功夫，反倒有助于艺术精进的意外之功。

不同文艺形式的操作，在操作中的体悟，对于事业进步，从来就是一个可靠的途径。曾杲在谈及自己从艺经历时，阐发了很多关于艺术进步的观点，在我看来，这些论述也很有意义。今天，写文章的人，天天埋首案前，已失创作旨趣。治金石者，时时执念于材质与技术，也是画地为牢了。所以，我是赞同如古人文人那样学习的。《周礼》上就说："养国子之道，乃教之以六艺。"所谓六艺，是礼、乐、射、御、书、数。要的是人的全面发展。而今天，仅一个文艺，分界越来越细，如果只是埋首于户牖之下，执念于狭窄的专业之中，先不要说艺术气象的养成，单是自己的人生就已缺少了许多况味。

我并不想说，曾杲这本书在艺术上已达到怎样成熟的程度，但这样一种做法，一个印人愿意花这样的功夫来用文学的方法表达人生感悟，就非常值得赞许。古人故事中，书家从公孙大娘舞剑器而得到启发，就是这种触类旁通的意思。

是为序！

2019年6月25日于锦里

洒脱深切的自然抒写

　　余光中先生曾说他读书或买书往往根据文字来作判断。一本书好不好，是否值得花工夫细赏，先要看它文字是否清畅。倘若一本书文采郁郁，文字清畅，则值得一读，甚至可以百读不厌。然而奇怪的是，有时候不少十足的文学书并不能给我们这种享受，有的甚至令人头疼……

　　反而在某些非专业文学作者的书中，倒给我们意外的惊喜，仿佛在幽微处发现了亮光，在万枯之林遇洒法雨。他们的文字，值得我们一读再读，仔细品味。篆刻大家、画家曾杲老弟的文学随笔与散文，即具此种效能。他的文章，感性与知性兼而有之，却又清新博丽、洒脱高华，文字很有一番摇曳生姿的醺醺趣味。他对大地、风光、风物、风景等的考察，建立在逻辑的知性认知上，故其发为感叹，颇具一种震撼人心的力量。他在考察自然，同时也是叙说一种复杂的心境。既符合艺术的旨趣，又有盎然的文学兴味，其文字有如醇酒，迷人又醉人。

　　他是把山河大地的历史衍变，以及生命的痕迹，放在一个特定的历史时空的框架之中来着墨。我们震惊地发现，地球村醒目或僻远的去处，处处透露出作家对生命的着力把握和尊重。同样，也呈现出作者对山河大地之上的生命形态的悠远的寻思……

他的叙述更多的是让读者去领略事物，而不是去探究其状态，其眼光所流露出来的智慧，星月驱使，华岳奔驰，能刚能柔，忽敛忽纵，魅力通常隐含于智慧之中，并不决定于外形的。所以在其洒脱的、不衫不履的笔触中，正可见到不同寻常的宏丽与灵光。大山大水、土地、生命……无不深蕴着作家真切的生命体验和情感抒发，以及焦点式的点染透视，以及细微、宏观、大气、饱蘸深情的叙写。他在各大洲大地上的行走，或是一种点拨，或是一种达观，或是一种悟解，或是一种眉批，吐佳言如锯木屑，霏霏不绝。往往要言不烦，疏密有致，却能以机智的语言驱散迷雾，气韵充溢，留下思索和回味的余地。在体悟他笔墨描摹的同时，读者心里就油然充斥着什么，渊然难以平静，深受那种感染，且在掩卷之后作为一种回味因素表现出来。

他将传神与逼真，汇一炉而冶之。传神与逼真，非赫然对立者。逼真可传神，而传神未必非逼真不可。无论诗与画，造成逼真一境者非精细工致莫为，而传神的笔墨，却可依靠神似来取得，神似所传达的意境是一种精神姿态而非表象外形。曾杲的文字笔墨，随意短长，信手拈来，如切如磋，如琢如磨。品藻自然，毫无拘碍，并于此中生发出画龙点睛式的深切感悟及见解。

曾杲老弟的文字作品，正是在一种大写意的气氛提领之下，时有小写意，或者精到工细的工笔笔法嵌入。《一件小事》的婉转与惊奇，《索玛花开》中索玛花对于童年生活刻骨铭心的隐喻，《寻茶记》中的仿佛染满茶香茶韵的文字……《通往未来的列车》对于澳大利亚传奇般的散记，令人大长见识。《人生里，总要去见见自然的壮美》的雄奇壮丽，《宏观的生命，微观的器物》的沧桑悲凉……其间，既有奇崛的视角，也有出人意表的譬喻，而譬喻真是寄托思想的最佳渠道。再者期穷形以尽相，促使意义具象化，如绘如见，巧妙有味，更形成文学语言的奇效大验，往往一语道着，而此天生好言语，则又新鲜，又真实。

"太阳西斜时，正好将一束光洒向塔尖，蓝天白云与金色佛塔，在这一刻竟如此和谐，伴随不时传来的悦耳风铃声，让人心醉。"以新的视角来审视很多平时习焉不察的情况。"伴随着这抹微光，太阳渐渐从山后升起，耀目的金光洒在山顶万年不化的积雪上，天地间似乎都被金光所笼罩。太阳出来后，湛蓝的天空也逐渐显露在我们眼前，那样的高广、深邃，在这一时刻人会感到自己的渺小，会从心底里对自然产生敬畏，真正拜服在这些圣山的脚下。眼睛不够用了，按快门的手却没有停歇，在那一时刻我并不知道自己能记录下多少这样的美景，甚至不知道最后照片传递出来的景象能有当时所见的几分之一。只是心中有个声音，在呼唤我，将这些景象拍下来，这是将这种美进行传递的过程，也是传递自然伟力的过程。"

……

在作者冷隽深情的笔触中，我们获得了完美的答案，并且确乎感到了一种"时间开始了"的辉煌壮丽，始终贯穿缭绕在作者笔墨情怀之间。他以一位优秀艺术家的素养和眼光来进行打量，更是呈现出非同寻常的审美新质，拓展了新的题材领域和文学生长点。

曾杲老弟一手握刀，一手执笔，笔墨驱遣思想、山水、人物；寰球、人文、史地。远眺近观，着眼点还在于心情点染，智慧结裹。行云流水的叙事，手挥目送的风度，文字截止处，留下的是辽远的思绪，以及精彩的回味空间……

伍立楊

2019年3月5日于浮沤堂

心底
的迷梦

国家大事，儿女私情

1994年，周星驰拍了一部电影——《国产007》，这部电影没有在内地公映，但在香港上映差不多的同时间，我在VCD上看了这部电影。

看这部电影时，我25岁。

多年过去，我早已记不清当年看这部电影的具体情景，只是记得电影好笑，有点意思。二十多年前，内地的文化产业还没有如今这么繁盛，港台地区来的文化产品，对我们来说都非常新奇，有强烈的吸引力。电影里人物的穿着、对白等，都是年轻人刻意模仿的对象，引领着时代的潮流。

多年来，我时不时还会在电视上看到这部电影，每次都看不完整，多是在我刻章或者作画时的一瞥，但看到其中某些场景仍会莞尔一笑。

在这部电影的最后，当罗家英出现在周星驰的联络器上，叫他再去执行任务时，周星驰扮演的阿七断然拒绝了。说"我正在谈儿女私情，国家这种小事改天再说"，这应当和影片里的原有对白有所出入，但意思并无变化。

时不时，我会偶尔想起这句话，倒不是说这句话如何精妙，如何寓意深刻，只是在其中透露出的一点戏谑，一点玩世不恭是我所欣赏的。在某些时候，这句话和我对生活以及艺术的态度，也有共通。

作为20世纪60年代末出生的人，我们这一辈人所接受的，是集体主义

释文 / 我正在谈儿女私情国家
这种小事改天再说
尺寸 / 2.9 X 2.9 X 3cm
材质 / 纯银铸造
重量 / 126.4g
时间 / 2018 年

教育。对国家和民族来讲，集体主义是必需的，也是不断推动社会发展向前的动力之一。但对个体来讲，尤其作为艺术化的个体来讲，似乎在某些时刻"儿女私情"会比"国家大事"来得更让人动容。

我也经常思考这样一个问题：艺术家在这样的时代中的个体定位。

到底艺术在最后是关注个体的内心世界，还是关注时代的变迁？或者两者兼而有之？

至今，我没有得出一个明确的答案，我个人是比较偏向于个体的内心世界的，不过这种内心世界的变化，要受到时代的影响，或者说，这也是时代在我们个体上的投影。

我25岁时，艺术还没有像今天这样受到重视，除了一些相关机构的工作人员之外，社会上的艺术家几乎不可能靠艺术创作来谋生。那时谈艺术，就是纯粹的内心修为，是自我心底的净土。

二十多年过去了，中国的艺术氛围发生了巨大变化，艺术家的社会地位、经济收入都有了显著提高，成为一个艺术家，也成为很多人的期盼。但在这其中，艺术的本真还保留了多少？我并不太清楚。

甚至艺术本身的定义似乎也因为时代的变化也发生了变化，不再是艺术创作者内心的自留地，而是全社会的共同文化体验。对于此我也没有一个明确的判断。

在某天，当我又想起这句话时，我将其刻了出来，并且熔铸成银印。

艺术创作的过程是严谨的，不过这种严谨并非一丝不苟，精细描摹每一个笔画，每一个细节。

艺术的严谨，在我看来，是态度上的严谨，是对艺术形式的尊重，但在创作过程中，我们要接受艺术的偶然性。这种偶然性是福至灵归的惊鸿一瞥，是在某个特殊的时刻，创作中的火光一闪。留下关于智慧、情感的深刻记忆，是艺术家个体生命中的闪耀时刻。

这些，都不是多见的，但也正是因为其不多见，却又深刻契合着人类本心的情感，所以才分外动人，在我看来，或许这也正是艺术的价值。

回到之前说的话题——艺术个体与时代的关系。我始终认为，一个时代的艺术，要有一个时代的面貌，但这种面貌的呈现不是去迎合，而是时代在个体身上的投射。这方印我用了宋体字，这也是我很久以来一直在尝试的一种创作模式，我多年来的印章一直在求变，想用"变"来更深刻地表达我的内心，表达我的时代观、艺术观。似乎小有所得，但也从未完整。我始终难以寻找到最满意的表达方式，只能是逐步靠近。

释文 / 在喝酒抽烟中思考一下人生
尺寸 / 4.4 X 2.4 X 3cm
材质 / 纯银铸造
重量 / 168.3g
时间 / 2018 年

突然想起了胡适先生的一句话"怕什么真理无穷，近一寸有一寸的欢喜"。大约艺术创作，始终是在这样的一个过程中吧。

刻在蜡模上的印章和熔铸出来的银印还是有一些细微差别，这种细微差别是不可控的，但也正是因为这种不可控，让我所有的银章都会呈现出其独具的艺术魅力。

我并不奢望自己的作品被放在太高的地方，远离了人群的艺术，与其说是独白，在我看来似乎有了"为赋新词强说愁"的矫情。如果，我的作品能在某个时刻，让人看到会心一笑，打动观者心底的一小点情绪。我认为，那我就算成功了。

"国家大事，儿女私情"是我心底的一点小情绪，曾经打动过我。一篇小文，权当记录，仅此而已。

2016年冬于锦里南城

释文 / 我放下过天地却从未放下过你
尺寸 / 2.6 X 2.6 X 2.8cm
材质 / 纯银铸造
重量 / 108g
时间 / 2018 年

再不扯蛋，就老了

1997年的春天，我在报纸上看到了王小波的死讯。这是一个让我有些难以接受的消息。在二十多年前，王小波是一个时代青年们的偶像。

王小波长得并不好看，瘦高，且有些驼背。和今天年轻人喜欢的偶像完全是两类人。如果放在今天，估计很难受到那样的追捧。

我想，或许是因为他在文字中透出来的那种戏谑与尖刻，以及藐视权威的状态，打动了那时的我们吧。在王小波众多的读者里，估计想成为拥有他那样状态的人，绝非少数。

突然看到王小波的死讯，我并非感觉偶像破灭，而是感觉一个时代消亡了。

或许也真是如此，从2000年前后，中国城市化的进程加快，我也越来越难找到童年、少年、青年时的状态，那种青涩与莽撞相交融，却又透出纯真的味道。

我读王小波的第一本书是《黄金时代》，至今我都还记得他在书的开头写下的那段话：

"那一天我二十一岁，在我一生的黄金时代，我有好多奢望。我想爱，想吃，还想在一瞬间变成天上半明半暗的云。后来我才知道，生活就是个缓慢受锤的过程，人一天天老下去，奢望也一天天消失，最后变得像挨了锤的牛一样。我觉得自己会永远生猛下去，什么也锤不了我。"

青年时的我，也如同二十一岁的王小波一样，会想在某一刻绽放，会想"变成天上半明半暗的云"。但此后的人生历程，却也是逐渐挨捶的过程。我学会了隐藏，学会了妥协，无论在内心里如何抗拒这种状态，但始终不会再如同少年时那样表露出来。

人生就像王小波写的，那头挨了锤的牛。虽然阅历渐丰，逐渐有了一些成就和积累，但生命的过程，始终是趋于萎缩的。

由盛到衰，是每个生命或者说每件事物都无法逃避的过程。在知天命的年纪，我对这些的感受会更为深刻。但在内心里，我始终向往的，是那个在原野上奔跑，在屋顶向着天空呐喊的少年。

或许，那道影子始终存在着，在我心里，也在每个人心里。只是需要一束光，把这道影子照出来。

我在读完王小波的《黄金时代》之后，还陆陆续续看过他的《青铜时代》《白银时代》《黑铁时代》等时代几部曲，也读过他的一些杂文，尤其《我的精神家园》对我影响至深。

他和余华可以说在我二十岁到三十岁期间，构筑了我所有的关于文字、人生的理解。在这些书里，余华告诉了我生活的残酷，但这种残酷始终会有一点温情。而王小波则告诉我，当面对这些生活的残酷时，如何用戏谑的态度，来让自己坚强。

我虽然从事着艺术，但从未将自己的艺术引入学术化的范畴，更多体现的，还是自己本心的东西以及"人"的概念。我始终觉得，艺术过于学

释文 / 再不扯蛋我们就他妈老了
尺寸 / 3.15 X 3.15 X 3cm
材质 / 纯银铸造
重量 / 156.8g
时间 / 2018 年

术化，就丧失了生气，不能打动人的艺术作品，便没有了生命力。很难说这种观念没有受到青年时阅读这些文学作品的影响。

王小波的文字，还有一种恣意张狂的魅力，那是骨子里的深刻严肃，面子上的玩世不恭。我也一直期待自己能有这样的感觉，那让我能以一个中年人的视角，找回少年轻狂时的心动。长发飘飘的年代并不完美，但那很美好。

少年时的扯蛋，终究会变成今天的哀叹。可再不扯蛋，我们就他妈老了。

在王小波死去二十年后，我似乎才懂得了这个道理，最终这句话落在印章上，成为我内心很难描述的一丝情绪。

我把"再不扯蛋，我们就他妈老了"这句话刻了下来，熔铸成了银印。因为铸造的关系，"们"字中间有了点缺失，但这点缺失形成的效果却比中规中矩地刻要更好。

艺术的魅力，在很大程度上便是因为创作过程的偶然性。人生的魅力又何尝不是如此？

其实王小波我已经忘记很多年了，如果不是因为这方印章，估计我也想不起他。当年意气风发的青年，如今已成了偶显老态的中年，人生如是，却还总在回味那些能扯蛋的时光。

当岁月流逝，力争再扯扯蛋吧，毕竟，那是心底最美好的时光。

2017年春节于京华

释文 / 见素
　　　　素处以默
　　　　见素抱朴

尺寸 / 1.25 X 1.23 X 1.63cm
　　　　2.0 X 2.0 X 1.89cm
　　　　2.78 X 2.78 X 2.85cm
材质 / 纯银铸造
重量 / 127.2g

摘自西泠印社出版社 2017 年《旧时月色》

宏观的生命，微观的器物

在2006年前后，我迷上了摄影。那段时间我几乎每天相机都不离身，见什么拍什么，拍了不少效果尚可的片子，但始终没有一个体系。

在这样拍了一段时间后，我有些不满足了。我想要的不仅是照片本身的美与趣味，更希望在其中传递出我对生命乃至其他命题的理解。

由于一直都喜欢古物，于是我便在成都送仙桥古玩市场来回转悠，想要将这个市场中的素材，作为自己拍摄的对象，尝试在其中找到我想要表达的元素。

在我之前，有很多摄影人拍摄过古玩市场，有些也非常有意思。刚开始拍我心里没底，于是照葫芦画瓢，按照以前见过的模式或成片来进行拍摄。

这个过程是很愉快的，但当几天后我洗出照片来，才发现这完全不是我想要的。这些照片是纯粹的记录，记录了市场里交易的人们，记录那些在墙壁上或者柜子里陈列的物品。对于古玩市场的记录，多我一个不多，少我一个不少，虽然成片有一些趣味，但并没有多大价值。

我并不想转换拍摄的对象，但对于如何让照片呈现出我心头所想，却没有办法。于是在近两个月的时间里，我没有再动相机，而是不断和朋友交流，想要抓住我心头闪现过的那一线灵光。

器物之一
尺寸 / 8 X 10cm
材质 / 铂钯接触印象　拍摄时间 / 2008 年
摘自中国摄影出版社 2008 年《器物》

在此期间，林然先生、杨子浪先生都给了我很大的帮助。林然先生是著名摄影家，是我摄影的老师，他在技法和创作的感觉上带给了我很大帮助。杨子浪先生是著名影像评论家，他对摄影技术，可能并不擅长，但他对呈现出来的影像的判断与点评，却总像是黑夜中的一点光明，和他进行探讨，让我在寻找摄影创作的感觉时，获益良多。

两个月之后，我再度开始在送仙桥进行拍摄，这一次我心中依旧没底，但这种没底却和之前的有些不一样，似乎心中那朦朦胧胧的感觉，我能抓住了。

自从送仙桥古玩市场建起来后，我就是这里的常客。里面很多商家都和我相熟，每天在送仙桥的拍摄更像是朋友间的交流走访。我往往是这个铺子坐一会儿，喝杯茶，聊聊天，看到有好的景象或者器物，便拿起相机拍一张。回头又在另一个铺子坐坐，重复上一个过程，每到饭点，就和这些老朋友一起叫一碗面或者一份快餐，吃得不亦乐乎。

这个过程持续了一个多月，最后的成片约有四百余张，我选出其中47幅，集成一本册子——《器物》，并刻了四十多方"器物"二字的印章，用在册中以作标志和点缀。这本书于2008年由中国摄影出版社出版。

在这些照片里，我没有拍摄市场的动态，没有交易的过程，只有很少量的人像。所拍摄对象，几乎全部是那些经历时间沧桑的器物。但我的拍摄，没有去凸显这些器物的年代感。它们就是静静地在那里，无声，却又讲述很多。

这些照片，全部是真实的，但既非叙事，也非记录。我想通过这些照片展现的，是亘古以来，人与物之间的关系，来寻找这些充满历史感的物件和人，在当下生活中的哲理。

这个命题对我来说，似乎也有些过于宏大了，那虚无缥缈的灵光从心中闪过时，我也只是抓住了其中的一丝影子，真实的一面终究还是没有完全展露出来。

《器物》这本影集出来后，业内对其评价不一，但大多认为是一次有价值的尝试。后来杨子浪先生将我的这套作品冠以"非叙事性摄影"之名。我认为，这个表述与我创作这套作品时候的状态是吻合的，很贴切。我并不想通过这套作品讲述出什么动人的故事或者道理，我只是想通过镜头，让镜头成为我的眼睛，然后将那一时刻的所见、所感保留下来。

那一刻我是什么感受？或者在按下快门那一刻，我的心里便是面对这些器物时的沧桑与悲凉，又或者那只是空白，是对个体生命存在的疑惑。

2018年10月《器物》出版10周年之际于浣花溪

器物之二
尺寸 / 8 X 10cm
材质 / 铂钯接触印象　拍摄时间 / 2008 年
摘自中国摄影出版社 2008 年《器物》

《器物》中国摄影出版社 2008 年出版

器物之三

尺寸 / 8 X 10cm

材质 / 铂钯接触印象　拍摄时间 / 2008 年

摘自中国摄影出版社 2008 年《器物》

人生里，总要去见见自然的壮美

　　"壮美"二字，是我们在书中经常能读到的，单看字面，便能让人心潮澎湃。可真正的壮美是什么，估计很多人也说不清楚。在2006年以前，我也不知道"壮美"真正的含义。所熟悉的，只是这个词的字面，而非其中的含义。

　　当"壮美"的景象真实出现在我面前时，我才发现自己曾经对这个词的理解是那样苍白，又觉得除了这两个字，似乎也找不到别的词来形容在我面前出现的景象。

使用器材／林哈夫617　拍摄地点／云南迪庆藏族自治州德钦县

2006年前后，正是我痴迷摄影之时，一旦得闲，我便全国各地四处奔走，去寻找大好河山之美，并用影像记录下来。这个过程肯定是有所得的，但所得有多少并不好说。

摄影从20世纪80年代起在中国得到一定普及后，几乎所有的自然景观都被人拍遍了，无论什么样的景象，或多或少都从照片里面见过。带给人感动的，绝非照片本身，而是这个过程或者照片呈现出的某一个瞬间。

但我对此，依旧乐此不疲，毕竟自己拍出来的照片与看别人的照片，感受并不相同。

一

2006年秋天，我与著名摄影家高辉先生相约，从昆明驾车出发，经过数个小时的长途跋涉，前往云南迪庆自治州的德钦县，拍摄著名的梅里十三峰。

对我来说，这是一趟新奇的旅程。此前我只是以游客的身份来过，从未想过会在这里进行艺术创作。

高辉先生告诉我，梅里十三峰，最有名的景象是清晨的日出，那是天地间壮美的典范。听到这样的描述，我自然满怀期待，但接下来的拍摄过程，却让我很是痛苦。

拍摄日出，需要早起。此时已经是深秋，梅里雪山位于青藏高原南部，海拔很高，凌晨的气温大约在零下十二三度。山风呼啸，我把身上的冲锋衣拢了又拢，还是觉得寒风刺骨。

早晨五点的梅里雪山，四下里一片静谧，天边透出些许微光，映照在山峰上。黑暗中，山峰的轮廓若隐若现，仿佛虚幻的影子，却又沉沉地压在人的心头。孤寂，是我那时最大的感受，无声的天地间，只剩下自己，呼吸与心跳都清晰可闻。这种孤寂，就仿佛周围的黑暗，紧紧将我包围。

终于，一抹微红在眼前出现了。那道冲破黑暗的曙光，让我的心顿时激动起来，我屏住呼吸，生怕一不留神就错过了这一美妙的景象。

伴随着这抹微光，太阳渐渐从山后升起，耀目的金光洒在山顶万年不化的积雪上，天地间似乎都被金光所笼罩。太阳出来后，湛蓝的天空也逐渐显露在我们眼前，那样的高广、深邃，在这一时刻人会感到自己的渺小，会从心底里对自然产生敬畏，真正拜服在这些圣山的脚下。

眼睛不够用了，按快门的手却没有停歇，在那一时刻我并不知道自己能记录下多少这样的美景，甚至不知道最后照片传递出来的景象能有当时

使用器材 / 哈苏 503cw　拍摄地点 / 云南元阳梯田

所见的几分之一。只是心中有个声音，在呼唤我，将这些景象拍下来，这是将这种美进行传递的过程，也是传递自然伟力的过程。

人们常说"巧夺天工"，但真当这种景象出现在我面前时，我觉得巧夺天工似乎成了一段妄语，这样的自然伟力，又岂是人力所能及？

大约九点，我和高辉先生下山。之前所经历的孤寂与寒冷，都被抛诸脑后，我觉得能有这样的经历，见到这样的美景，一切付出都是值得的。

在下山的路上，我见到道路两旁有不少坟茔，有人告诉我，这是20世纪80年代起，来这里的很多日本登山者，他们想要征服这些山峰，但在中途却倒下了，再也没有起来。

我很难描述自己看到这些坟茔时的感受，那是多重情绪的交织，一方面，我对他们征服自然的精神有些敬佩，另一方面，又对他们这种打搅自然安宁的行为感到不解。

自然，到底是可征服的，还是只能敬仰？我自己心中其实也没有答案。

下到山脚，我与高辉都还难抑心中激动，手有些微微发抖，这并非路途劳累所致，纯粹就是内心情绪的反应。

经过一番休整，当天下午，我们驱车前往丽江。

二

在前往丽江的路上，我和高辉巧遇了云南著名摄影家王水林先生。这次巧遇，带给了我终生难忘的印象，其所带来的感动比当天早上所见更为强烈。现在我时不时都还会感叹一番，有时摄影之路，还真是需要一点运气。

我们和王水林先生的巧遇，是在两车交错时。当天他正从丽江赶往德钦。见到我们后，他把车停住，问我们去处。得知我们刚从山上下来，要去丽江时，他说"别去了，快回头"，我有些不解，便问他何故。

王水林先生说，这个季节，如果没有雾，有很大概率能在梅里雪山上见到日月同辉的景象，这是他搞摄影数十年来的经验。这种景象很难见到，很多人摸了几十年相机，几乎年年都来梅里雪山，都不曾遇到这样的景象。

听到这番话，我和高辉立即与王水林一道，驱车掉头。当晚，一番纵酒高歌，虽然身体疲惫，却难掩心中喜悦。

第二天，我们比头天起得更早，四点三十分我们便到达了选定好的位置，架起长枪短炮，对准远处的雪山。

那次，我的装备比较齐备，我准备了哈苏120、林哈夫617、沙慕尼木质大画幅三台机器，想要根据三台机器不同的特性，来拍摄不一样的照片，达到最好的成片效果。

此刻气温依旧很低，身上的冲锋衣再拢也难抵御严寒，但我的感受比头天要来得愉悦很多。其一是知道即将见到的美景，寒冷在此刻便不再萦怀，其二是人多了些，互相聊聊天，也不觉得寂寞。

大约在五点三十分，和头天几乎同一时间，天边透出了一抹红光，太阳从雪山背后升起。与此同时，还有一轮明月高悬于半空之中。

　　日出月落的交汇，日月同空的奇景，在此刻呈现在我们面前。所有人都屏住了呼吸，不再谈话，只是将手中的镜头对准天空，对准远处的雪山，要留下这一奇妙的瞬间。

　　我当天拍的并不多，最后只是用那部林哈夫617相机拍了一张宽画幅。这样的照片，有一张就够了，这是对我摄影生涯最好的注解，也是我曾看过这样"壮美"景象的记录。

　　生命里的壮美可贵，若是有机会见见，便是终生难忘的美好记忆。

2015年冬于锦里

使用器材／林哈夫 617　拍摄地点／云南东川红土地

画钟馗

我画画的时间，只有我篆刻时间的几分之一。几乎算是玩票。这并非说我画得不认真，没有想法。相反，正由于这种玩票性质，绘画上我更自由、更大胆。

对我绘画作品艺术价值的判断，见仁见智。但于我而言，这个过程是快乐的，也是我寄托情感，表达思想的渠道之一。

中国传统艺术，书法、绘画、篆刻之间的关联性很强，虽不敢说一法通万法通，但其中互为借鉴，互相影响的元素很多。在从事多年的篆刻后，当我拿起画笔，篆刻艺术的很多构成，同样展现在画中。

何况，画画也算我从小的梦想之一，笔在纸面行走，当年的情愫也在我心中翻涌。落到纸上的具象表达，实际也是我内心的映射。

我最早接触绘画，是在读初中二年级时。

20世纪80年代，全社会都在追求文化艺术，从事艺术是时代风气。对那时的很多人而言，做这些多少有点自我标榜，彰显个性的意思。至少，在我背起画板时，也是这样的心态。

我真正对艺术有追求与认识，是在我二十岁前后，当然这是后话。

那时，我参加了一个美术培训班，每周上一节课。同学都是参加美术考试的培训人员，就我一个初中生，在里面很是扎眼。

钟馗
尺寸 / 29.5 X 15cm
材质 / 纸本水墨
时间 / 2018 年

钟馗宝相镇宅赐福

尺寸 / 34 X 34cm

材质 / 纸本水墨

时间 / 2017 年

当时课堂租设在青石桥小学里，绘画班的学员只有晚上才来听课。在这个课堂上，要说学到的东西，真没多少，翻来覆去就是画立体几何图形、石膏像。一幅素描要画很久，可一周只有一节课。一年过去，我留下的画也没几张。

但坐在课堂里，感受到的那种氛围，至今难忘。仿佛在那一刻，真觉得自己有些不同，算是沾染上文艺气息了吧，有了独属自己的一个标签。

记得那会儿老师还没开始教水粉，我就把水粉颜料抹到裤子上，假装是自己在创作时不小心撒上去的。

我背着画板，骑着自行车，在成都的老街、小巷之间游走。走到哪都舍不得放下画板来，有时看个东西，还用手比画比画，虚着一只眼睛。

那会儿与其说是学画，不如说是找一种感觉。在那一年里，这种感觉真是找到了，但关于艺术的收获，也确实乏善可陈。

20世纪80年代末，我结识了徐无闻先生，在他的言传身教下，对篆刻有了更新的认识，并且也获得了一些展览的奖项，再后来以篆刻谋生，直到此时，我对艺术才可以说有了相对深入的认识。

但凡搞篆刻的人，书法、绘画都会接触到。而且因为篆刻不可避免地带有书画附属品的特性，所以我能站在不一样的角度来看书画，看得多了，自然就会想要画儿笔。

我的绘画没有师承，和画家朋友相聚，偶尔会得到一些点评，前后摸索之下，也能比较完整地完成一幅作品。

我画画以人物居多，尤其喜欢画钟馗。其一，是我个人的审美倾向于比较阳刚、雄壮一路，钟馗的形象与我的审美契合度比较高。其二，是我的书法功底、篆刻功底，提供了绘制这样一个人物所需要的技术条件。

我画钟馗，就像我创作篆刻作品一样，在落笔前，都没有很明确的腹稿，只有一个大体的形象设计。具体构成往往都是根据落笔时的感觉，以及那一刻心里的想法来进行。我画钟馗，喜欢用阔笔，多以篆书线条来进行绘制。这样人物显得敦实、有力。

或者也是因为我在多年的篆刻生涯中，喜欢以强烈的视觉冲击来形成艺术特征。我画的钟馗，也多有大面积的色块铺陈，大量的留白。我的画和我的印章一样，个人风格都很明显，艺术体系上，也能看到一脉相承。

擅画钟馗的画家，不知凡几。这个人物形象，早已超越了民间传说的范畴。画钟馗，或许是中国传统文化中，文人情结的具象反应，同样也是民间对于幸福生活追求的体现。

我笔下的钟馗，除了传统的造型外，还会多点意趣，品茗、读书都有。具象的是钟馗，抽象出来的，是我自己内心的映射。

画画的乐趣，与篆刻还不一样，篆刻的表达，更多体现的是意趣。而绘画的表达，能更直观地看到作者内心的情愫。

篆刻、绘画，都不算大道，更多还是个人情趣，无所谓太过自我标榜。好坏之外，也就是个玩儿吧。

2016年冬于成都

鍾馗鎮宅賜福

己亥春月 曾杲 写

钟馗镇宅赐福
尺寸 / 70 X 34.5cm
材质 / 纸本水墨
时间 / 2019 年

醇酒美人

在我的艺术生命里，朱新建是对我影响较大的艺术家之一。

朱新建名声正响时，我刚刚走上艺术道路不久。他那种打破传统、痛快淋漓的创作手段，回归人性，直面欲望的艺术观，都给我带来过不小的冲击。

朱新建最有影响力的绘画题材，是他的美人图。这些图画，初看时不觉得好，仔细端详，却回味无穷。

很难想象，他笔下的人物结构不准、比例不对，构图也很简单，就像小孩涂抹。但偏偏就是这样的画，却充分表达了女性的妩媚，触及人心深处的欲望。他的高妙可见一斑。

在朱新建成名之后，学他的人不知凡几，但学成的不多。甚至他还成为一个流派——"新文人画"的代表。我不太理解这个名称的由来，也觉得冠以这样的称呼有点别扭，但这并不妨碍我崇敬、学习朱新建。

简而言之，朱新建画的最大魅力，就是"真诚"。艺术需要这样的观感态度，将自己内心的感受痛快淋漓地表达出来，如果能引发观者的共鸣，这样的作品，就是成功的。

对于美好女性的迷恋，是所有男性的共同话题，大约朱新建是在1949年之后，第一个这样直接表达的艺术家。

背影之一
尺寸 / 33 X 16.5cm
材质 / 纸本水墨
时间 / 2018 年

　　1985年，当他以"小脚女人"参加全国美展时，还引发了不少非议，很多老先生甚至直斥他的画是"封建糟粕"。

　　诚然，在今天回过头去看，能理解他当时创作的诉求。这是他个人精神与时代诉求相叠加的结果。毕竟，社会经过了三十多年压抑，爆发出来的能量是让人震惊的。朱新建作为第一个吃螃蟹的人，功不可没。

　　朱新建的美人图，是源自纯粹两性吸引的美。我也画过不少美人图，取法受了朱新建的很多影响。但我想表达的，和他还是有些不一样。

　　我画的美人图，同样是对女性美好的赞颂，但表达的，是女性柔美的一面。对于美，尽量报以欣赏为目的，而不用出于占有。

　　我画钟馗时，用阔笔，寻求酣畅淋漓的感觉，在线条上，具有更多书写性；在画美人图时，我则选用细笔，勾描比书写多。勾描出来的线条更柔美，更适宜于展现女性身姿。

　　钟馗的设色，我多用平涂，在衣纹上有笔触，留有飞白。这是对钟馗跌宕豪放的展示；在美人图的设色中，我大量用水，以水墨晕染的效果来构成人物的形态、衣着纹饰，有些地方还采用了没骨的技法，只用色块来构成形象。

　　《红楼梦》里说"女儿是水做的骨肉"，落到纸面上时，还真觉得用水来表达，会比用笔书写恰当得多。

　　在中国传统绘画里，对女性的塑造，一直不太完美。《女史箴图》《韩熙载夜宴图》里的女性，纯粹是记录性，没有个人情感在其中。从唐到元，大多数女性的形象则出现在神佛与宗教画中。即便敦煌壁画中女性

背影之二
尺寸 / 34.5 X 13.5cm
材质 / 纸本水墨
时间 / 2019 年

的身姿，也经过了一定的抽象表达。虽然有女性美的展现，但这种展现并非单纯的绘画体现，而是出于对神佛的崇敬。

明清之际，画中女性形象更为固化，翻来覆去都是仕女图。直到民国，才有完整意义上的女性形象的出现。不得不说，女性形象的丰富，其实也是绘画这种艺术形式时代感的体现。

我的美人图里，没有古代女性，都是今天的时髦女郎。毕竟，我生活在今天，不太可能去爱上古人。

石涛说"笔墨当随时代"，能带给艺术家最大触动的，一定是其所在的具体环境。画里展示今天的人物形象，也是艺术创作和时代接轨的表现之一。

2017年冬于成都亚太广场

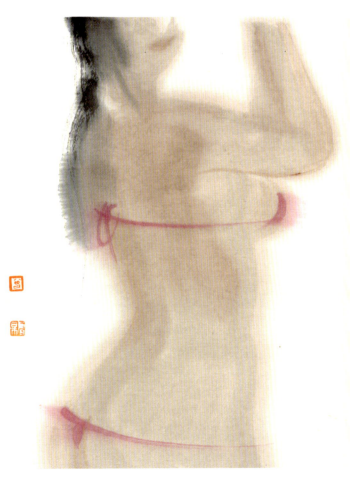

美人图
尺寸 / 25 X 23.5cm
材质 / 纸本水墨
时间 / 2018 年

西泠梦

清光绪三十年（1904年），丁辅之、王福庵、吴隐、叶为铭等江浙一带的篆刻家，在杭州西湖边的孤山数峰阁旁买地筑室，创立了印社。

对他们来说，这只是文人之间雅集的一种形式，但对篆刻，以及此后百余年间中国传统艺术的发展来说，这一举动却开辟出了另一番天地。

时至今日，篆刻依旧是"小道"，无论群众基础，还是研究的深入，都不及书画，更遑论百余年前了。如果没有印社的成立，关于印章艺术的发展势必还要延后很多年。

这一雅集，以印为核心，涵盖的却是传统艺术中的所有门类，兼及诗词等文学。江南一带，从宋朝开始就是中国文化最为繁盛的地区，清末到民国时期，更是中国对外的最前沿，从经济、文化上引领着这个古老国度。

印社成立不久，便有诸多名家加入，其中最为人称道者，便是吴昌硕。1913年，在印社成立十周年的纪念大会上，吴昌硕被公推为首任社长，并且印社也正式定名"西泠"。

吴昌硕在此时是中国艺坛的一面旗帜，虽然他并非西泠印社的创始人，但他在任上对西泠印社发展的推动是最大的。也正是从他开始，西泠印社成为中国艺术界的一个标志性符号。

一

从清末到今天，中国传统艺术经历了极大的发展。从清末开始，不断进入中国的西方思潮在与传统文化的碰撞中，衍生出了很多极具灵光的思想，同时对于传统的不断深入发掘，又加深了艺术的底蕴。

翻开中国艺术史，可以相当清晰地看到这一时期传统艺术的两个极端，其一是用西方艺术理论来对传统艺术进行改造，其二是深究传统，追摹古人。

按理说，这两种思潮是有矛盾的，但在20世纪初的艺术舞台上，却都盛放了鲜艳的花朵，并且影响至今。

清末到民国，上海江浙一带不断扩大的市民阶层也为艺术品消费市场注入了新的活力，这些活力又反过来不断滋养着艺术，这也是从清末开始，海上画派等得以脱颖而出的重要原因。

在这一历史背景下成立的西泠印社，自然也处于风潮之中，加之加入西泠印社的艺术家多是一时翘楚，在这个时期，西泠印社也是艺坛思潮的引领者。

西泠印社的历史地位，正是在这一时期奠定的。但在整个民国时期，乃至新中国成立后的数十年间，西泠印社声名并不显赫。直到"文革"结束，西泠印社才真正发挥出起一个优质文化社团的作用。

但西泠印社对印学以及其他传统艺术、学术的推动作用是显而易见的，当20世纪80年代初，我刚进入篆刻领域时，西泠印社已经成为所有从事篆刻的人们心中的圣地。但凡对篆刻有些研究的人，在心底都会以加入

释文 / 西泠印社中人

尺寸 / 2.3 X 2.7 X 11.3cm

材质 / 寿山石

时间 / 2012 年

摘自西泠印社出版社 2014 年《永远不说再见》

西泠印社为目标。时至今日，依旧如此。

二

我已不记得自己是在什么时候第一次听闻"西泠印社"，估计应该是在20世纪80年代初。因为当年我学印的大部分参考书，都是来源于此。我真正明白西泠印社所代表的意义，是在20世纪80年代末，那时我已经在这一领域略有建树，还获得了几项全国性书展的金奖。

对那时的我而言，西泠印社已不再是一个历史名词，更像是心底的一个梦，是自己艺术道路上的纪念碑。当然，那时这场梦做得还有些远，说起来也并不真切。

谈不上对此有多少努力，但加入西泠印社的念头从未断过，只是被藏在了心底，日常不一定记得起，但时不时总会泛起一些涟漪。

虽然我对西泠印社有着各种企盼，但我真正踏足这里，却已是十余年后。20世纪八九十年代，要出趟远门并不容易，加之对当时的我而言，西泠印社在遥远之余也并不属于比较迫切的问题，所以我并没有专门前往。

1998年，我第一次到杭州，也才有了自己对西泠印社的初次探访。在我生命中，这次探访的意义非同寻常，甚至可以说我能在艺术道路上坚持下来，也和这次探访有很大的关系。

那时，我的艺术之路是迷茫的，正处于探索但不得法的阶段，印章作品常为人称道，也屡屡在全国各类展览中获奖，我却总觉得这不是我想要呈现的状态。加之那时，在市场经济的冲击下，人们大都显得有些浮躁，我也时常在想，要不要放弃篆刻，寻找别的人生路径。

那天，我站在西泠印社的门前，既是游客的身份，也是印人的身份，内心涌起了非常复杂的感受。

西湖上的微风吹来，堤岸上的柳枝随风轻摆，周围虽有熙熙攘攘的人群，我的内心却充满宁静。我从未想过，会在那样一个时间得以体会近百年的历史。这种体会并不是走马观花的行游，而是处于很小的切口，百余年的历史喷涌而出，艺术与文化的厚重在那一刻集中于心，让我觉得自己二十年来的努力并非无意义，也让自己得到了坚持下去的力量。

那一次在西泠印社的参观，时间并不长，但对我的意义非凡，如果说此前西泠印社还是一个有些遥不可及的迷梦，那么在此后其成了我艺术道路上明确的目标。

三

单以篆刻而言，刻制一方印章所需的技术手段，只需要很短的时间便可以训练出来，但对入印文字、印章表现效果，乃至更深的情感体现，以及更深的印学传统，则需要花更长的时间来体会。

这种体会与学习并无终点。或许正如胡适所说"怕什么真理无穷，进一寸有一寸的欢喜"，只能说，作为一个篆刻家，在某个时刻，能寻找到一种相对适合于自己艺术语言的表达方式，但这种方式并非固定不变，也绝非就是自己艺术道路的终点。

也是在1998年前后，我摒弃了自己以往的艺术风格，开始寻找属于自己的艺术语言。不好说这是西泠一行给我的触动，还是自己内心的诉求。我更倾向于后者，无疑这种选择对我来说是困难的，但其结果也很明显。

这让我更靠近艺术的真实，能让艺术反映自己的思想和内心，这种艺术水平的提高，也让我更靠近西泠印社，这个艺术的殿堂。

此后的十余年间，我加强学习，不停探索求变，与西泠印社距离的拉近，对我而言内心是充满喜悦的，在这种变化面前，会让加入西泠这样的目标也不那么急迫，因为艺术的魅力与乐趣，在其中已经彰显无疑。

时间来到了2012年，这一年，我第一次参加西泠印社的入社评选。可惜功亏一篑，没有评选上。要说内心没有遗憾不可能，但这种遗憾并不强烈，毕竟我所追求的，并非西泠印社社员的名头，而是自己艺术上的进步。

2014年，我第二次参加评选，在众多的参评者中，以第三名的成绩入社，当年10月25日，评选结果揭晓，我内心也并没有当初想的那样激动，反而更像是温暖的喜悦包围着我，轻柔而宏大。这段经历，于我而言，说是一种认定或者一段总结更为恰当。

无疑，对一个印人而言，西泠印社社员的身份是块金字招牌，但这显然不会是艺术道路上的终点，在这重身份之下，更需要的是艺术上的不断进步。我的梦也没有在此成为终点。应该说，加入西泠印社，让我有了更进一步的动力，或者西泠印社的意义也正在于此。

2018年12月于成都

释文 / 知白守黑
尺寸 / 2.7 X 2.7 X 2.6cm
材质 / 纯银铸造
重量 / 110.3g
时间 / 2017 年

关于篆刻的理论与实践

最开初，这篇文章我放在了我的篆刻论文集中。在这本书里出现的，是经过修改的版本。因为原文是从专业角度来写的，对于大众读者，难免有些晦涩。

这篇文章在这本书里出现，我是有些忐忑的，毕竟并非专业文集。但后来想，若是能对大众读者进行一些篆刻知识普及，聊聊自己的艺术路程，也未尝不可。如果在众多读者中，能有人因为这篇文章建立起对篆刻较为深入的认识，或者能动手刻上几方印章，对我来说，就是最大的回报了。

一

篆刻在大众视野里，并没有书画那样夺人耳目。在传统艺术的范畴中，也常被归于书画的附庸。若从篆刻史的角度考量，这样的判断有其道理。但若将篆刻的艺术性独立出来，作为专门的艺术形式进行研究，那么寻常关于篆刻的很多认知，是需要被重新解构的。

中国的印章史超过三千年，但篆刻史只有七百年。篆刻真正彻底摆脱书画附庸的地位，作为一种独立的艺术形式被人欣赏，更是在清中期以后。再考察一下清中期以前篆刻家们所处地域，会发现其大多来自江浙地区，待到全国其他地区的篆刻家涌现，已经是清末的事了。

激发篆刻的时代活力

《激发篆刻的时代活力》2019 年 4 月 14 日刊登于《人民日报》

到了民国，篆刻这门艺术形式得到了极大发展，但考察此时的美术界，几乎看不到关于专门篆刻展的记载。西泠印社的成立，是篆刻彻底成为独立艺术形式的标志，而其作为一门独立艺术形式被社会大众所欣赏，则已是20世纪中期之后。

从20世纪70年代开始，篆刻这门艺术迸发出了前所未有的生命力。各种形式、各种手段都被运用到篆刻创作中。可以说这是篆刻独立性的确立时期。但发展到今天，我们具体考量一下各类篆刻表现形式，依旧可以说，关于这门艺术的发展仍然任重道远。

若我们以简单一点的方式来划分篆刻的表现形式，无非就两种风格取向——工稳一路、写意一路。

工稳者，总逃不过王福庵、陈巨来、汉玉印等范畴，写意印创作风格相对多样，但能成圭臬者也不多。盖因篆刻需要用古文字进行创作，很多篆刻家也兼有古文字学家的身份。

基于上述，我们再来讨论篆刻在今天的发展，可以看到很多不足。这些不足，是历史的遗留，同样也是此后这门艺术在发展中需要注意的问题。

其一，是工稳一路印章，在我看来工稳一路印章依旧算是书画的附庸。因为来源的单一，所以在其中难以形成强烈的个人风格。很多印人的工稳印刻得极为精妙，但难免千人一面。若是不看边款文字，想要区分出具体作者是谁，并不太容易。

其二，是印章与学术的不分。很多篆刻家，在选择文字入印的时候，会大量选用生僻的古文字，若从印面效果来看，这是合情合理的，但很多时候为了古文字而古文字，则难免有些不恰当。毕竟这不是做学问，最终需要考虑的是印章所呈现的艺术效果。选用大都不认识的古文字，而又达不到较好的效果，实是本末倒置。

其三，写意类印章，若只考虑纯粹的印面效果，写意类印章出现的时间相对比较晚，20世纪70年代之后才逐渐走入公众视野。所谓写意，在我看来并非刻得夸张便是写意，而是指在其表现中，需要更注重突出篆刻（印章）本身的艺术特质。

对于写意印还需要进行区分，不能为"写意"而"写意"，需要有源流出处。瞎刻一气，丝毫没有篆刻所需要的字法、章法等，也属欺世。若是在其中直接照搬版画、木刻等，虽能有独特性展现，但在我看来，也终究不是正途。若需这样，直接做版画、木刻就好了，何必还要放在印石上来？

二

前面谈了一点我对篆刻的理论认知，接下来谈谈创作。对于篆刻创作，我仅以我个人的实践、思考为例，希望能对读者有所启发。

我从第一次接触篆刻刀到今天，已有四十年。真有点"江湖越老，胆子越小"的意思，同时也感到一些迷茫。这种迷茫在于不知道接下来该朝哪个方向突破，以及对于篆刻本身所能承载的情感表达的不确定。

我至今没有对自己的篆刻历程有过很好的总结。从事篆刻，更多是基于偶然而非夙愿。毕竟刚刚接触这门艺术时我只有九岁，那时人生观世界观等都未建立，谈不上什么钟爱。只是这么多年一直刻下来，也在不停思考，篆刻于我似乎成了一种本能与习惯。

在我看来，今天从事篆刻，是需要有一点疑古精神的。

少年时我读唐诗，稍长开始读宋词，成年后才读了《诗经》。在我读《诗经》时，看到了很多后人的注解与评述，总把这些古人的歌谣注写得异常丰富。但对我来说，真正能引发情感共鸣的，反而是少年时代的唐诗与宋词，并非《诗经》。

将这段经历引入到篆刻中，也是同样。现代奉为篆刻圭臬的汉印，在当时就是实用工具，而非艺术创作，其艺术性来自后人的附加而非当时便有。明清之际的一些篆刻家，他们的创作水平实际并不高，只是开了一代风气，今天将他们的艺术放在太高的地位上，也不合适。

奈何篆刻这门艺术产生于文人群体中间，又是在那样的历史时期。所以很多前人的篆刻著作，有很大故弄玄虚的成分在其中。

我读的第一本篆刻理论著作，是清代陈克恕所编著的《篆刻针度》，这是对明代万历年间《印法参同》一书的注释。陈克恕是乾隆时期的人，在历史上并没有什么作品流传下来。

当年我读的这本书，还是在古旧书店买的清版翻印本。那时我根本读不懂这种没有点校的竖排繁体本，完全是硬着头皮将一本书啃完，其中很多具体内容今天已经回忆不起来了，只记得其中提到了十三种刀法。

从事多年篆刻创作后，我深刻地认识到所谓十三种刀法，就是故弄玄虚。篆刻刀所用无非就那几个部位，真实的表达，实际就是将石头上不需要的部分去除，将石头切刻掉，一种刀法足以涵盖。

这就像是今天的某些股评家，自己一分钱股票不买，却对公众说应该买这个，买那个，不知坑了多少人。

三

落实到具体的创作实践中，疑古和质疑权威，实在是一个太重要的品质。当然这种质疑不是说随意提出批评，而是建立在对这些前人观点的认知与了解上，并且需要较长时间的艺术实践，个中真意还需自行体会。试问，若是自己都还刻不出一方像样的作品，又凭什么去质疑前人呢？

具体篆刻创作，无非就是字法、章法、刀法，三者实际是一个整体的三面，最终都是为印章效果服务。字法、刀法前文已经说过，这里着重谈谈章法。

章法，便是布局，即印面文字的安排调度。总有人把这说得玄妙无比，真正而言，就是"横平竖直"四个字。

邓散木在早年曾有一本《篆刻学》，其中谈到了很多章法构成的问题，在今天看来也有很大的局限性。秦汉时印章作为实用器物，没有太多为了效果而言的安排考虑，几个字安排进印面中便合适，最原始的章法是自然形成的。

今天我们学习篆刻所参考的《十钟山房印举》等资料，同样存在这样的问题。其中收录的很多印章，早就不是其原貌。这些印章多样的形态，其一因为时间腐蚀，其二是人为破坏，其三则是在制作时工匠水平本身就存在差异。工匠们实际是不具备后世的审美能力的。

今天我们在印章中发现的各种美，都是后人的阐发。这就像在原始森林中看到一片景色一样，如果没有基于我们自身的审美诉求，那这些美景，算是景色吗？

2018 年 10 月，曾杲（左一）主持韩天衡先生学术研讨会

对秦汉印的审美，实际是后期人们的积累所致。

回到今天的篆刻创作中，在我看来，如果再来谈章法，实际就是构成，但构成这个概念来自西方美术。篆刻并不在这个范畴中，安排一方印章，最重要的就是走出前人窠臼，最终形成关于印章的独立审美，其他各种手段，都是为此服务。

从前，篆刻创作的手段比较简单，现在的创作手段更为丰富。明白了上述的道理，篆刻其实并无玄妙可言。

2018年12月于锦里

释文 / 午倦一方藤枕
尺寸 / 2.1 X 3.4 X 2.4cm
材质 / 纯银铸造
重量 / 107.6g
时间 / 2016 年

要做艺术家，心里总得有点数

好为人师，可算是大多数人的通病了。孟子在两千多年前就已经看清楚了这一点，于是说"人之患，在好为人师"。或许这是因为人都有表现欲，又或者在心里，人都有点骄傲吧。

放在艺术家群体（在此特指美术领域）中，好为人师的毛病总会在有意无意间被放得更大。可能有些许光环笼罩，难免让人失衡，总觉得自己无所不能。

我向来觉得，要做个艺术家，还是纯粹一点好。这种纯粹可以分成两个方面来讲，其一是对艺术的纯粹，要从事艺术，就专心搞艺术，不要老指望着这能带来多少回报。其二，便是不要忘记自己的身份，不要因为有些"光环"笼罩，便对所有的事都站在高台上，指点一番。

人的精力是有限的，在一个领域取得一定成绩并不代表在所有领域都能取得成绩。搞艺术的，未必擅长经济；谈文学的，未必懂得政治。可当人在一个领域被人追捧时，往往会把这种擅长放大，只觉得这世上就没有自己不通的东西。殊不知有些话说出来，真是贻笑大方。

在我身边，不乏这样的人。其人艺术搞得不错，也受到市场和观众的认可。时间一长，似乎这种认可也造成其人思想上的一些错位，遂开始指点江山，把自己放到了"公知"的位置上。

　　艺术家能做"公知"吗？应该是可以的。但这种"知"必须要建立在自己的学识基础上。要评论什么，多少得学习点相关的知识，不能道听途说只从情绪出发。世间的事情，有哪一样是简单的？总是多重原因的复杂纠葛，只看到一面，就放出煽动情绪的言论，除了给旁人添堵之外，毫无用处。

　　破坏总比建设容易，要说挑毛病，世间所有事情都能找出一大堆不是来。但只是挑毛病，提不出富于建设性的意见，那这种挑剔还不如没有。

　　在今天，能以一个艺术家的身份走入社会，在我看来，是需要感恩的。毕竟只有社会稳定，老百姓生活富足，才有余力来购买作品，维持艺

2019 年 1 月在央视演播大厅录制新春茶话会
左起：傅舟、林尔、朱培尔、洪亮、曾杲、柳晓康，主持人刘兰

术家的生存。诚然，社会上也存在各种各样的问题，其原因不去深究，但这些问题并不能成为否定当下的理由。而且，我所见到的这种否定，往往是片面的，有些是事实不清，看到一则新闻就立马相信了，又或者问题真实存在，但骂完之后并不能提出相应的解决办法。

这种，应该算是心里没数了。人品如此，又指望其艺术能有多高的境界呢？

艺术家的心里没数，还在于故步自封。总是把自己装点成一个世外高人，对通俗的东西不屑一顾。其实仔细想想，除开那点关于美术的手艺，

2018 年 4 月在央视演播大厅录制《一日一印》

艺术家和大众又有什么区别?

中国的传统艺术,历史上一直是文人在从事,似乎先天上就站在了鄙视链的顶端。不好说这是不是劣根性,但显然这种思想在今天是不合时宜了。

在古代,教育水平不高,能读书识字的人少,要真能写字画画,确实也是个中翘楚。但今天,社会文化已经发展到一定高度,那种关于知识的自我矜持,又怎能适应当下的社会呢?

两个月前,金庸逝世,我在朋友圈就看到不少所谓艺术家开始指点,说通俗文学算不得经典,不该把金庸放在那样的高度。而后又说,自己并没有读过金庸多少书,只是武侠本身就登不上大雅之堂。那试问什么才叫经典?如果全社会都认可的东西,因其通俗性而不被接纳,又到底是谁的问题呢?

这只是一面侧写,更多时候,一些艺术家总会有点标新立异,穿着打扮非要如同古人,说话做派也要像古人。好古不是不行,但若是以此为自身装点,留下的只是贻笑大方而已。

当然,我也并非说艺术家就不能对社会问题发表看法。自由表达是每个公民的权利。我只是建议,每当在有这种表达发生时,艺术家应该以个人,而非"公知"的状态出现,毕竟艺术家的主业还是艺术。

2019年1月于浣花溪

艺术的价值与真实

这原本是我与一个朋友讨论的内容，落到纸上则成了一个让我忐忑万分的题目，写起来更觉惶恐。

谈这种相对务虚的话题，总让我觉得不太踏实，也始终有些底气不足。但搞了这么几十年的艺术，不谈谈这个问题，却又说不过去。总得交代清楚，自己的生命所依，价值在哪，有什么意义吧。

首先说明一下，这里提到的艺术，专指传统的书、画、印，对别的艺术形式我不了解，不敢妄言。

艺术到底是什么？艺术的价值究竟在哪？估计所有的艺术家都问过这样的问题。我真正开始思考这个问题，还是近十年的事情。在此之前即便从事着这个行业，但心中并未认真思考过这个问题，那时，所有的创作对我来说都近乎本能的冲动。做得久了，似乎有些作品也是出于习惯——没有什么复杂的思考，落笔下刀，自然而然就呈现出那样的形式。

由此看来，艺术更靠近于艺术家的内省，是个人状态通过这些作品的传递。把这一范围扩大，放到群体的社会生活中，艺术所代表的，则更"虚无"。毕竟艺术作品既不能穿，也不能吃，对社会运转也没有关键的影响。换句话说，对绝大多数人的生活而言，没了艺术，也一如既往。

但艺术，却总是让人痴迷，受人追捧。其背后涉及复杂的心理学问

释文 / 莫言左笔
尺寸 / 2 X 2 X 5.6cm
材质 / 青田封门
时间 / 2018 年

释文 / 莫言
尺寸 / 2 X 2 X 5.6cm
材质 / 青田封门
时间 / 2018 年

题，如果用马斯洛"人类需求五层次"的理论来解读，对艺术的迷恋应该是人的社会需求、尊重需求和自我实现所带来。

由此而言，艺术作品在呈现出来之时，就成了艺术受众的精神导向，但这种导向到底通向何方，无人可知。

艺术家在面对观众时，扮演着一个精神导师的角色，但这个角色之下并没有可以量化的评判标准。即便形成了标准，伴随时间推移，这些标准也会改变。

在今天，黄宾虹被冠以了"20世纪最伟大的山水画家"的标签，但在他生前很长一段时间，他的画根本不受认可，甚至送人都没人要。艺术家本身价值的实现，实际也是取决于社会对其作品的认可程度，而这种认可在我看来，是一个变量。

这种标准的不统一，也让艺术家的身份有些尴尬。毫不客气地说，今天也有一些所谓的艺术家实际是打着艺术头衔的江湖骗子。

艺术品是艺术家个体的产物，但传递到观众眼中却并不一定能如艺术家所想。作为一件艺术品，最基础的价值，应该是视觉上的美感。艺术品的社会功能，最基础一层就是装饰。

在很多古人的书画作品上，我们常常可以在落款中看到"补壁"二字，这两个字展示的就是艺术品的基础功能，但在今天，人们似乎有意无意在回避艺术品的这一功能，总把视觉美感之后的情感寄托放得太大，实在有点本末倒置。

一件作品，如果脱离了艺术家本身，其所传递的情感根本就无从谈起。就好像八大山人的画，里面有着怪石、丑鸟，翻着白眼的鱼，基于八大山人个人的经历以及所处环境，我们可以感受到在这些画中所蕴含的他自己内心的苦闷与悲愤，对故国的思念以及对现实的不满。

不过这种感情基调，始终是属于个人的，如果这些作品不是八大山人画出来，而是清朝的一个王公贵族所作，那这种情感还一致吗？今天的人学习和推崇八大山人，也绝不是因为其中所蕴含的情感——毕竟这种情感不能复制，只是因为八大创造出了这样具有个性的艺术符号。

有时，看到一些人画八大山人，作品好坏姑且不论，但总要将自己的心态往八大那里靠。这种"靠拢"在我看来就是欺骗。画出来了市场反响不错，让艺术家衣食无忧，个人生活也幸福，保不齐还有几个红颜知己。试问这种状态下，如何像八大山人一样孤愤？

艺术品不能脱离艺术家，同样观众也是审美环节中很重要的一部分，没有观众的艺术品是不完整的。脱离了展示，艺术的价值体现何在？

但观众也并非都是能真正欣赏艺术作品的人，很多观众实际并不具备欣赏的能力。这种能力是在视觉感受之外的，是需要深入到作品中，寻求思想上的共鸣的。于是，这让艺术的大众欣赏始终停留在炫技的层面，大众对于看似技巧极高的、尺寸巨大无比的作品，总是心怀敬意，感觉这才是"真正"的艺术。

这种观念，也催生出很多脱离艺术本体的作品。展览作品的尺寸越来越大，什么材料和方法都敢往作品上堆，一味强调视觉冲击。作品背后的情感与内容反而都不太重要了。我更愿将这些作品称为美术作品，而非艺术作品，一字不同，其实两者所蕴含的东西也不一样。

在中国，艺术家总是被划归到文人群体中，但历史上文人从艺的典型，实际只有明清两代。唐宋之际，书家是文人，画家则未必。在清代，阔笔的文人画大行其道，画细笔的不太受人看重，宫廷中那些从事细笔作画之人，其俸禄都在造办处发放，实际被归入了工匠的范畴。

这种身份归属，让艺术家在很多时候有点自矜，总感觉自己是"文人"。这种身份的错落，让艺术家站的角度和方位产生了偏差，作品之外，总想着去引领点什么，殊不知，这种"引领"才是对艺术最大的伤害。

对于艺术的探索是没有止境的，那是我们心中浩瀚的天空，同样对于艺术的真实我们也不能忽视，只有真实，才能长久，也只有真实，才能让艺术具有蓬勃的生命力，最终成为我们生命的记录与延续。

2018年12月于浣花溪

释文 / 佛肖像

尺寸 / 2.7 X 2.7 X 1.9cm

材质 / 纯银铸造

重量 / 110.1g

时间 / 2019 年

跨越山海的旅途

海明威与毕加索的西班牙

2013年秋天，我再次前往欧洲。

我们这代人对欧洲的情感是复杂的。童年时，觉得欧洲是列强，是中国近代以来积贫积弱的根源。那时对欧美，是"憎恶"之情。等到成年，又不断向欧洲学习，从经济到文化，都受到欧洲很多影响，甚至20世纪八九十年代，欧洲被描绘成了"天堂"，出国是那时最为热烈的社会话题之一。

直到2000年之后，我们的经济水平提高，社会发展到了一定程度，我们才能正视欧洲，也是在这样的条件下，我们才能正视欧洲社会与文化。

这次出行，我的第一站是葡萄牙，又从葡萄牙自驾前往西班牙。

葡萄牙与西班牙同在伊比利亚半岛，整个伊比利亚半岛，其面积也只相当于中国的一个省，从里斯本出发，大约三四个小时便可穿越国境，进入西班牙境内。在国内，这连出省都算不上，当跨越两国边境时，还是有不少新奇感。

在西班牙，让我印象最为深刻的元素是海明威与毕加索。至于斗牛、佛拉门戈舞、西班牙火腿等，常在各类媒体上见到，新奇归新奇，但却没能撩动我心弦。

一

在我青年时，读过海明威的很多小说，大多是由人民文学出版社出版，海明威在书中营造的"硬汉"形象，给我留下了很深的印象。海明威在西班牙留下的痕迹很多，西班牙也是他20世纪二三十年代创作的源泉，他对西班牙内战等的深入参与，也颇有传奇色彩。

在纸上读来时，这些是知识，真当深入其地，则有不一样的体会。我行走于龙达（位于西班牙安达卢西亚大区，马拉加省西北部）的"海明威之路"上时，对其人之性格，美国文化与西班牙文化的对撞，感受更为明显。

这座城市，被海明威誉为"最适合私奔的地方"，龙达老城矗立在悬崖之上，有惊心动魄的壮美。老城的建筑物基本采用白墙白屋，因此也被称为"白色山顶小镇"。

海明威之路，连接了龙达的老城与新城，道路周围的建筑多是19世纪以前所建，时光斑驳，让这明快的白色，又有了厚重之感。现在街道两旁的屋舍，大多打开了外墙，建成酒馆咖啡屋，供来往的行人驻足，这与国内的景区倒是大同小异。

据说当年，海明威常在这条路上行走沉思，构思自己的作品。当年，这里应该不是这样，我相信街道两旁屋舍的外墙应该没有打开，周围生活气息应该比今天更浓郁。作为西班牙腹地的城市，海明威这样一个外来者，想来在当时也应该非常引人注目。

2012 年 8 月摄于西班牙龙达海明威之路

　　海明威初到龙达时，西班牙实际上还没有进入现代化，农业与畜牧业仍是这个国家的主要经济来源，我不太清楚这种与美国形成比较鲜明对比的社会形态有没有对海明威形成影响。

　　海明威深度参与了西班牙内战，他的代表作《太阳照常升起》《丧钟为谁而鸣》就创作于龙达，这两部小说，也是反映那一时期欧洲社会生活与思潮的名作。

　　龙达是西班牙斗牛文化的发源地，街道上随处可见与西班牙斗牛文化相关的元素。若论历史，这座城市自然无法与国内相比，但这种对原生态文化的保留，却是国内所不具备的。

我在龙达，还参观了皇家斗牛场。对于任何事物都冠以"皇家"之名，这让我感觉有些新奇。在中国，皇权自辛亥革命后，便被扫进了历史的故纸堆，在历史上，蔑视皇权也是知识分子自我价值体现的一种方式。

而在西班牙，人们则以"皇家"为荣，大约这便是文化的差异吧，我不是研究文化的学者，对这种差异无法解读，只能说以一个旁观者的视角进行一些对比而已。

皇家斗牛场建于1785年，在西班牙名气很大，但外来游客所知的并不多。从建筑而言，谈不上宏伟，也谈不上精致，大约其中的历史意义与文化象征，才是其让人着迷之处吧。

海明威也迷恋斗牛，在他的很多文学作品里都有关于斗牛的描写。我想，可能是因为这种运动的热血与刺激与他的气质吻合，才会让他这样念念不忘吧。

我到的当天，没有斗牛表演。后来我得知，因为动物保护组织的抗议，斗牛在西班牙受到较大非议，2011年起，西班牙就颁布了禁止斗牛的法律，整个西班牙，只有马德里还在每年3月到10月的斗牛季里保留有斗牛赛。

没有直接看到斗牛表演，我对这种文化的感受也无从谈起。文化差异的鸿沟，让我始终只能以一个旁观者的视角，进行一些简单的记录。

二

离开龙达后，我去了马拉加。对于从事美术的人而言，马拉加是到西

2012 年 8 月摄于马拉加毕加索故居

班牙的必去之地，因为在这里，诞生了毕加索——20世纪最有影响力的画家。

坦白说，我并不太看得懂毕加索的作品，虽然能从其中领略到一些视觉艺术的美，但更深层面的东西并不能体会得到。

毕加索在马拉加度过了自己的童年和少年时期，其后他与这座城市的关系并不密切，但这座城市并没有忘记他。在马拉加，随处可见毕加索的形象，位于市中心的梅赛尔广场旁——这个毕加索童年时曾奔跑玩闹的地方，就有老年毕加索的铜像被塑在路边的长椅上，好像在和过往的行人交谈。

毕加索故居，就在这座铜像背后的民居中，一栋黄色楼房，一楼左边的第一个门。毕加索故居并不大，有两层，步入其中有些逼仄之感。屋内陈设早已不是原貌，更多还是展览性质，资料比较完整，收录了他从小到大各个时期的资料。陈列的部分真迹倒是可以让我一窥其艺术风貌。

只是这些作品，并非其代表作，大多是少年时代或年轻时的习作，其历史价值要比艺术价值为高。

此后我在马德里国家索菲亚王妃美术馆，看到了他的代表作《格尔尼卡》，巨大的画面与扭曲的人物形象，灰暗的色调，形成了强烈对比，很有视觉冲击力。艺术家在其中想要表达的情感，显露无遗。

毕加索的艺术带给我的另一层思索，在于他的不断变化与创新，他对艺术不懈的追求，对我有不少触动。

艺术形式与内容的不断变化，实际就是艺术家不断寻找自我的过程。或者，成为一个优秀的艺术家，这种不断创新与突破的过程，是一个必备的要素。但这种突破需要勇气，对自己风格的打破，并非易事，除了坚实的基础，大约更需要不断突破和表达自己内心的欲望吧。

对西班牙，这个伊比利亚半岛上的国家，我很难有太深的感受，对其历史文化的理解，更多还是来源于书本。只是觉得海明威在某个时刻，继承了这个国度文化上刚强、热血的一面，而毕加索，则继承了这个国家文化中丰富多彩、勇于突破的一面。两者结合，不一定是西班牙的全貌，却一定是其最深刻的侧写。

2015年夏于城南锦里

莱茵河畔的宗教与哲学

作为一个中国人，大约对德国的情愫总会显得有些不同。这种不同并非羁绊，而是在态度上始终和欧洲其他国家有点不一样。至少我是如此。

很难说这种情绪变化由何而来，或许是因为历史的影响，又或许我们曾将德国作为范本，在生活中总会感受到。

世界现代史的拐点，都是由德国所主导，大约这算是我对德国最早的认知。两次世界大战，对世界影响之大。在近现代，德国对世界贡献的哲学、科学思想，更是深刻影响了历史和我们的生活。

德国我去过两次，最近一次是在2017年初夏。第一次去时纯粹是走马观花，没有太深的感受。最近这次前往德国，我停留的时间比较长，走的地方也比较多，虽然依旧是只鳞片爪的观光，但也算看到了这个国家历史、文化特性的一角。

记得很多年前，从电视上看到国家领导人出访德国，画面里展现出的整齐的街道，排布有序的建筑，以及时尚漂亮的行人，都让我感到惊叹。常在想，究竟什么时候我们才能过上这样的生活。

2016 年 6 月摄于杜塞尔多夫

如今，当这些景象已经变成生活里的寻常后，再来看德国的一切，却发现曾经的期待最终在心里形成了落差。

一

我在德国的第一站是杜塞尔多夫，虽然名声在外，但这座城市里却没什么高楼，大部分建筑都有五六十年历史，外观整洁干净，但那种暮气却还是难以掩盖。

走在傍晚时分的杜塞尔多夫街道上，如果不是街边店招依旧写着德文，真让人感觉自己身处国内的小县城。作为一个中国人，面对此情此景是有些自豪的，会让人真切感受到至少在经济、社会的发展上，我们已经走在了世界的前列。

与这种停滞相对应的，就是安静，我在杜塞尔多夫没有看到有什么热闹的地方，至少不是国内那种热闹，安静平和之下，同样如同这个城市建筑带给我的感受——有了暮气，没有国内时常能感受到的那种拼劲。

两种社会氛围，没有好坏之分，终归还是大环境所造就。从个体而言，当然是这种平静更为宜人，放在社会发展的角度来说，却是需要一点向上的力量。

德国虽然在近现代对世界影响很大，但作为一个国家其历史并不长。真正以德意志这一称呼面向世界，是19世纪末的事情。

没有长久国家的形态，并不代表德国就缺乏历史底蕴。欧洲的宗教改革就由德国发端，后来蔓延至欧洲各国，这才有了今天欧洲社会形态的基础。时至今日，宗教在德国人生活中依旧占有很重要的地位。

离开杜塞尔多夫后，我前往了科隆。在这里，我深刻感受到了宗教在德国人生活中的分量。

二

科隆是一座工业城市，位于莱茵河畔。莱茵河于德国，类似于黄河之于中国。科隆的现代化程度很高，在全世界来看，也是排得上号的城市。走在科隆街头，那些现代建筑并没有带给我什么触动，和我在北京、上海，乃至成都街头的感受类似。科隆吸引我的，不在于其现代性，而在于现代与传统的融合。

科隆大教堂是这个城市最有名的标签，作为全世界第三高，欧洲第二高的天主教堂，其建筑的宏伟与细腻可称典范。

科隆大教堂从1248年开始修建，一直修到1880年，直到今天依旧还有修缮工作不时在进行，其时间跨度超过了六百年。我不知道这是不是世界上耗费时间最长的建筑。

如果没有宗教信仰的支撑，这种跨越数代人的建筑，是不可能完成的。

科隆大教堂是哥特式建筑的典范，很多年前我在一本建筑学书上就看到过关于这座教堂的简介。当直接面对这座建筑时——即便我已经看过太多极宏伟的建筑，还是被其气势所震撼。这种震撼不单是来自建筑本身，还源自其中凝聚的历史与精神。

科隆大教堂的外墙颜色暗沉，和其内部的富丽堂皇形成了鲜明对比。旁人告诉我，科隆大教堂的外壁本来并不是这个颜色，二战时，盟军对德国进行轰炸，虽然有意避开了科隆大教堂等历史文化建筑，但周边燃起的大火，还是让烟尘附着在了教堂外壁之上，最终成了这个模样，而且这种痕迹无法清除。

这些战争留下的印记，也在告知我们战争的残酷，时刻提醒我们珍视和平。

教堂内四壁，被绘有《圣经》故事的彩绘玻璃所环绕，其描绘之精美，构图之丰富，色彩之细腻，都让人眼前一亮，虽然出自工匠之手，却具有极高的艺术价值。

在教堂顶上，有数口座钟，当大钟被敲响，悠远而浑厚的钟声跨越整个城市，将历史与现实串联了起来。

我想，在科隆所见的这种现在与过去的相融，可能更多还是依托于其文化的一贯性与完整性。虽然城市布局与建筑都有了很多变化，但这种依托于人心的完整，终究没有让历史割裂，从某种意义而言，这也是宗教在文化中的作用。

三

我并不清楚天主教中各类思辨的思想对德国影响到底有多深，但不可否认，德国是19世纪到20世纪涌现出最多哲学家的国度。直到今天，这些哲学家以及他们的思想依旧深刻影响着这个世界。

叔本华、康德、费尔巴哈、黑格尔、尼采、维特根斯坦、海德格尔……

即便不通哲学的人，也会对这些名字耳熟，甚至能说出几句他们的名言。少年时代，我也曾翻阅过其中部分人的著作，囫囵吞枣，而且没有一本书读了超过一百页。

在这些哲学家中，有两位对中国影响至深，一位是马克思，另一位是恩格斯。

2016 年 6 月摄于恩格斯故居

这两位哲学家，估计也是中国人最熟悉的老外，毕竟从小就听着他们的名字，读着他们的故事。或许中国人对德国的情绪，也有部分来自他们。

我在伍珀塔尔拜谒了恩格斯的故居，这里并非恩格斯的出生地，而是他的第三座居所。这是恩格斯少年时居住的地方，而他出生的那所房屋，早已在二战时被毁于战火。

恩格斯故居所在的街道被命名为"弗里德里希·恩格斯大街"，故居马路对面便是伍珀塔尔最著名的单轨悬挂列车"阿德勒大桥"站。这是一座后巴洛克风格的灰色四层小楼。楼前有一个小公园，景色很是宜人。

在这座小公园里，有一尊恩格斯的塑像，这或许是恩格斯故居中最具醒目的。这尊塑像是在2014年6月11日，由我国赠送给伍珀塔尔市政府。伍珀塔尔是老牌工业城市，经济一直不太景气，对伍珀塔尔来说，恩格斯故居所带动的旅游业，是非常重要的经济增长点，又因为现在中国游客消费能力很强，所以他们对这尊塑像也格外重视。

这尊铜像差不多有四米高，由清华美院的雕塑家曾成钢制作，这是恩格斯中年的形象，高大沉稳，作者将很多他对恩格斯的理解以及情感倾注其中。不过据说伍珀塔尔的一些德国人对此并不怎么认同，他们觉得这尊塑像做得太壮实了，不符合有运动员之称的恩格斯，而且脸也过于亚洲化。

虽然这座建筑被列为博物馆，但展览的东西并不太多，也并非所有的房间、楼层都用于陈列展示。进入故居，第一层是门厅，和居家所用没有太大区别，第二层才是展厅。

展厅里的玻璃柜中陈列着恩格斯的重要文献和一些珍贵资料。有意思的是，里面还有中文版的《马克思恩格斯全集》《恩格斯画传》等书籍。桌上则摆放着由民主德国国务委员会前主席昂纳克赠送的一尊恩格斯青铜全身塑像。

除了这些，展品中还有恩格斯许多少年时代的物品，其中有他写给父母的信和中学时期撰写的剧本，剧本边上有他手绘的栩栩如生的角色草图，表现出恩格斯少年时的早慧。二楼还有一间大房间是恩格斯家的客厅，家具和陈设保留了原貌，装潢十分考究，恩格斯一家在当年也算很有名的商人。

　　在恩格斯故居背后，是一座展示德国工业革命的博物馆。伍珀塔尔位于德国鲁尔区，这里曾经是德国最重要的煤铁产地，伍珀塔尔也曾是德国的纺织业中心。游览于这座博物馆中，感受恩格斯所生活时代的历史细节，对他思想的转变倒是能有比较充分的理解。

　　博物馆里收藏了从中世纪手摇纺纱机到工业革命时代的蒸汽纺纱机，多数都还能运转。这些机器见证了德国的工业历程，通过这座博物馆中的陈设，我也感受到当年德国工人生活环境的恶劣。或许正是这种对比，催生出了恩格斯思想转变的契机，最终塑造了他与马克思的革命理想与实践。

　　在德国，传统与现代有过激烈的对撞，但更多的是融合。这片土地上孕育起来的现代化意识，至今仍在深刻影响着世界。德国的这种"矛盾"感，也是当今社会无法回避的问题。宗教与哲学，构成了今日德国文化的脉络，我们今天的文化脉络，又该怎么样阐述呢？

2017年6月于锦里

再见，红场

  对我们这代人而言，俄罗斯（苏联）大约算是最熟悉的"外国"了，我们对俄罗斯的感情也很复杂。新中国的政治、经济、文化，都受到了苏联的巨大影响，这种影响持续至今。

  苏联曾经是我们学习的对象。而后来，中苏交恶，老大哥一夜之间变成了"苏修"。等到我刚刚对这个世界有比较清晰的认识时，苏联居然轰然倒塌了。那时不过二十出头的我，在知道这个消息时，还有些不敢相信，莫名的荒诞感，顿时袭上心头。

  等到我真实来到这个国家，却又推翻了我从前的认知，气度与狭隘，浪漫与恢宏，都是这个国家的一面。当我真切感受到这一切时，或许，我才真正看到了俄罗斯。

一

  我去俄罗斯是2014年夏天，那时成都还没有直飞莫斯科的航班，需要从北京转机，而且先到圣彼得堡，再往莫斯科。

2015 年 8 月摄于红场

　　中俄铁路在那时倒是有运营，可我并没有在列车上待一个多星期的勇气。搭乘飞机前往俄罗斯，虽然迅捷，但相比火车，还是要错过不少风景，不得不说，这也是一个遗憾。

　　飞机降落在圣彼得堡机场，从走出机舱的那一刻开始，便可以感受到浓厚的俄罗斯元素。这些"元素"并非单指建筑或人文，更多的是俄罗斯人的生活态度以及日常感受。

　　俄罗斯人的慢，算是让我开了眼界，并非故意拖沓，而是他们的生活节奏就是如此。简单的入关，就搞了差不多两个小时。直让我觉得，日常从各类媒体上看到的"毛熊"是不是已经开始冬眠了。

　　此前对俄罗斯的认知里，粗鲁算是被着重描写的词，但事实是我在俄罗斯的日子里，并没有看到，所接触的人也都彬彬有礼。但被打上"战斗民族"标签的俄罗斯人，确实有粗豪的一面。街头常见酗酒的人，说话做事，也显得大大咧咧，性子都普遍直爽，说话做事直来直去，不太在意旁人的感受。

二

　　相较于俄罗斯整体的厚重感，圣彼得堡要显得异样很多，我在这里感受最多的是轻柔浪漫，甚至还有几分慵懒。因为毗邻波罗的海，带有海洋气息的风轻抚着这座城市。加之我来的时候正逢夏天，没有风雪的困扰，城市中到处鲜花盛开，明媚的阳光，让这座城市充满了青春的活力。

圣彼得堡从建立至今，有三百多年历史，这座城市的名字源自圣徒彼得。三百多年的历史并不算长，但因为有两百余年时间，即整个罗曼洛夫王朝时期都将这里作为首都，所以在城市里聚集了大量的历史遗迹和人文遗迹。徜徉其间，对俄罗斯历史、文化的风貌感受尤为深刻。

圣彼得堡的景点众多，我挨个都走了一遍，这种体验毕竟还是停留在表层，谈不上有什么太深的触动，加之始终有些文化隔膜，理解也不算透彻。倒是在冬宫里的所见，对我颇有触动。

冬宫对所有中国人来说，都应该很熟悉，"十月革命"就是在这里爆发，"十月革命"深刻影响了中国此后一百年的历史。但以往的冬宫，只是电影电视上的一个名词，真正深入其间，却又是另一番感受。

现在，冬宫已经不复昔日沙皇宫邸的旧貌，其中陈设偏向博物馆化，在冬宫中游览，从某种程度上说，是对欧洲历史的浏览。

冬宫里收藏了很多欧洲艺术家的作品，尤其以大量的画作为代表。这里从拜占庭最古的宗教画，到现代马蒂斯、毕加索的绘画作品及其他印象派、后期印象派画作应有尽有。据资料记载，这里共有一万五千八百余幅。

其中意大利文艺复兴时期达·芬奇的《利达圣母》《持花圣母》，拉斐尔的《圣母圣子图》《圣家族》，提香的《丹娜依》《圣塞巴斯蒂安》，荷兰伦勃朗的《浪子回头》，鲁本斯的《酒神巴库斯》，以委拉斯

2015 年 8 月摄于冬宫

贵支为首的西班牙绘画，再到现代的印象派、后印象派等，都在藏品之列，这些画作构成了一部较为完整的欧洲绘画史。

　　相较于中国艺术而言，西方艺术的脉络显得更清晰一些。从艺术表现而言，实则东西方没有太大差异。这些艺术作品，还是人类的精神世界在现实中的投射。欧洲绘画，早期依托于宗教，后期开始关注自身，而中国的传统绘画，则更早地脱离了"神"的束缚，一直都在关注自身。

　　在冬宫的东方文物展厅里，还藏有大量中国文物和艺术品，其中有两百多件殷商时代的甲骨文、珍稀丝绸和绣品、敦煌千佛洞的雕塑和壁画样品、中国瓷器、珐琅、漆器、山水和仕女图，以及三千幅中国年画。

　　这些藏品大多来自清中晚期，有些是通过贸易渠道进入，有些则是从中国掠夺而来。这段历史，在这个时间段里带给我的感受很复杂，既有为珍宝得以保存的感慨，也有对曾经屈辱历史的感慨。

三

在圣彼得堡驻留不久，我便前往莫斯科。虽然俄罗斯国土面积广大，但其重要的城市都在欧洲，彼此间相隔也不是太远。莫斯科与圣彼得堡只有六百多公里，其间有一条专门的铁路——莫斯科—圣彼得堡铁路相连。

这条铁路距今已有一百多年历史，和我们日常所见的铁路不同，这条铁路是宽轨，两轨之间的间距是1520毫米，我们日常所见铁轨，大多是标准轨距——1435毫米。这些都是我在圣彼得堡的车站上看来的资料。实际目测，除非专业人员，大约应该看不出差距，甚至可能都注意不到这一点。

圣彼得堡到莫斯科的火车要行驶一整夜，23:55由莫斯科彼得格勒车站和圣彼得堡莫斯科车站同时开出，到次日07:55抵达各自的终点站。

在这条铁路上行驶的列车，是1931年定型的红箭号列车。八十余年来，车体自然有维修和更换，但车型从未变过。除了卫国战争期间有中断外，这么多年以来，这条铁道上的列车还从未停止过。

我所乘坐的这列红箭号，估计已经有些年头了，虽然车厢里是十足的欧洲风情，和我曾经在电影里所见的东方快车很相似，但依旧难掩破旧。对长期乘坐中国高质量高铁的人来说，这趟列车太落后了，除了异国风情，几乎没有可取之处。

这趟列车全是卧铺，一人一个包厢，和平常在国内乘坐的软卧车相似，只是这趟列车在晚上行驶，透过车窗望出去，只是黑黑的一片，没有什么景色可看。

伴随着列车车轮与铁轨的撞击声，我安然睡去，醒来时，已经快要到莫斯科了。

四

与圣彼得堡相比，莫斯科要厚重多了。如果说圣彼得堡是文化、艺术的中心，那么莫斯科则是历史、政治、现实的中心。

一进入莫斯科，俄罗斯的宽博感迎面而来。莫斯科地处平原，道路都十分开阔。基础建设不错，路面也很平整，但设备都显得有些陈旧。

当汽车驶入莫斯科市区，给我的感受除了宽，还是宽，城区里我所看到、所走过的道路都是按公路来修建的，城市布局方正规整。这种观感也有可能是因为我没有深入这个城市，只是看到了城市的一面所致。

莫斯科沿着莫斯科河而建，从俄罗斯大公时代（相当于中国元代）就一直是沙俄的首都，这个城市的历史凝聚而厚重，越往城市中心走，这种感觉越明显。

莫斯科的中心是红场，这座广场已经存在了五六百年，是世界上最古老的广场之一。

走进红场，最先映入眼帘的除了满眼的红色外，就是克里姆林宫那高耸的塔尖。列宁墓和克里姆林宫的红墙都位于广场西侧，在列宁墓的上方还修建了阅兵台，每逢重要节日，苏俄的领导人都会站在上面阅兵。

走到阅兵台下，我仿佛感受到了卫国战争时期，那些穿过这座主席台的年轻人，在接受完阅兵后直接开赴战场的悲壮。那段岁月，是红场最悲壮也最辉煌的时刻。

俄罗斯人大多信奉东正教，东正教文化也深深影响着这个国家，所有俄罗斯的传统建筑，都有洋葱式的尖顶，以及浑厚的外形。徜徉其间，异国风情满满，倒是一种别样的体验。

红场的地面，全部用条石铺就，这些条石基本都有数百年的历史，偶有损坏，都会立即更换。我在红场所看到的景象，和几百年前并无太大差异。地面上的这些条石，也见证着俄罗斯的历史，它们看见了二十多年前，苏联的轰然瓦解；看见了七十余年前的年轻人如何奔向战场；更看见了一百年前的革命风潮，看见一个新的时代，如何在这片土地上建立。

更有可能普希金、契诃夫、列夫·托尔斯泰都曾从上面走过，他们身后留下了传诵多年的文字。又或者柴可夫斯基、谢多伊都曾在这里驻足，侧耳聆听，仿佛微风之中还有《莫斯科郊外的晚上》的旋律在回响。

当我走出红场，夕阳正红，在这样一个位置，这样的时空中，我心头所想很多。

在俄罗斯的多日，我见了不少国内游客，大量的俄罗斯景点都开辟了专门针对中国人的服务。至于政治、经济上两国的互通，更不待言。

这个国家辉煌灿烂的历史文化，坚韧的民族性格，还是在多方有所体现。俄罗斯人也没有悲观的情愫，依旧热情、开朗，其精神面貌甚至在某种程度上比国内还要好。于是我不禁思考，在未来，这个国家又会是什么样子呢？

2017年6月于锦里

释文 / 一程风一程泥

尺寸 / 2.1 X 2.1 X 2.6cm

材质 / 纯银铸造

重量 / 81.1g

时间 / 2019 年

通往未来的列车

2017年年底到2018年初，我在澳大利亚待了一个多月。既为避寒，也是给自己放个假。

南北半球风光迥异，在成都寒风猎猎之时，澳大利亚正处炎夏。这种反差很有意思，这和冬天去海南度假不同，真是有时空颠倒之感。

澳大利亚立国时短，土著居民的文化基本没什么保留，因此这里谈不上什么人文风光，但澳大利亚自然景观绮丽，引人入胜。同时在这里，还能见到世界近现代历史进程的缩影。于我这个外国人而言，还是有很多不一样的体验。

每次在国外游历，总会加深我对国内的认识。这种认识并非对某一方面了解的增多，而是通过对比，能以新的视角来审视很多平时以为常的情况。

或许相较西方，我们在社会心态、民众素质等方面还有不足，但若论经济文化的发展，以及社会的稳定和谐，却是已经超过西方大多数国家了。因此，我对那些妄自菲薄的言论，倒是有很多意见。若说国内不好，至少也应该走出去看看，没有对比哪来的发言权？

一

这次出游，我是从成都直飞墨尔本，在墨尔本游览后再转道悉尼，之后差不多走遍了澳大利亚全境。

曾经我一直以为悉尼是澳大利亚的首都，或许因为这个城市在世界上的知名度太高了。直到后来，我才知道澳大利亚的首都是堪培拉。悉尼在澳大利亚的地位差不多等同于上海在中国的地位。

悉尼歌剧院极具特色的造型早已深入人心。这是我认识的第一座现代建筑。来到悉尼，对此多少有点期待。受朋友邀请，我在这里欣赏了一场演出。那几天悉尼歌剧院正在举行the opera gala，中文意思大致相当于"歌剧节"。

我已经记不得所看那场演出的剧目名。主要因为没有看懂，从而对故事根本没什么概念。但舞台上演员的表演，舞台装置，以及呈现的舞台效果都给我留下了很深的印象。

因为悉尼歌剧院名声在外，已经成了澳大利亚的标志之一，这里的演出也都是具有世界级水准。台上的演员我叫不出来名字，但感觉得到他们的表演都很认真，自身也全情投入剧目角色当中。

从技术而言，悉尼歌剧院舞台上的效果，国内都能做到，但那种与演出节奏、内容相搭配的适宜度，确实在国内难见。并非视觉上带来了多大冲击，而是身在那种环境之中，还是受到了不少感染。

2017-2018 悉尼跨年烟火

我在悉尼待了数天，普遍感觉这里的生活节奏要比国内慢，这与我在德国的感受很类似。老外们也并不像此前认为的那样富裕，最有意思的是，只要我在街头点上一根烟，总会有老外凑到身前来讨要一根。除了这里香烟实在昂贵之外，老外们大多没有余钱消费，也是重要原因之一。

虽然经济上不富裕，但他们却颇有些"安贫乐道"的味道。在我看来，或许是因为这些国家社会福利体系建立得好，生老病死都有依靠，因此人们内心的焦虑感较少，可以尽情享受生活。

我在悉尼迎接了2018新年的到来，悉尼每年跨年的烟火表演是这个城市最重要的旅游节目之一，每年都会吸引不少的游客前来观看。

2017年12月31日那天，我在游轮上欣赏到了这一人造奇观。

烟火并不算稀奇之物，但当烟火以极大的规模，精良的设计在一瞬间爆发出来时，带给人的震撼却是无与伦比的。

当天的烟火有两场，第一场在晚上8点，寂静的海面上，突然传来一声闷响，一朵烟花就在头顶绽开，接着朵朵烟花腾空，在天空绽放出绚丽的色彩。投射到海面上，一瞬间，仿佛人就置身于烟花海洋中。这时会让人感受到人类造物的伟大与神奇，也会为这些人类创造的美景奇观而惊叹。

8点的这场烟火表演持续了十五分钟。烟火表演后，船上的游客大多难掩心中激动，都还站在甲板上。

等到午夜时分，最重要的跨年烟火表演开始。12点整，烟花准时在空中爆开，或许是因为跨年的仪式感，感觉这比8点那一场表演更令人震撼，当然，也有可能规模确实要大一些。

虽然已经经过了一场烟火表演的洗礼，但再看到这种美景时，依旧让人激动，寂静的海面与热闹的天空形成鲜明对比，映射在水面上的烟火再度将我环绕。我也确实沉醉其中。

二

相较于悉尼，墨尔本的知名度要小一些。但对澳大利亚来说，这个城市历史上的重要性却在悉尼之上。

墨尔本从建成至今不过一百余年，虽然做过二十余年澳大利亚首都，但在这个城市里感受不到什么政治气息。

墨尔本的快速发展，得益于金矿采掘，因此在这个城市里有大量的外来移民。澳大利亚是移民国家，最初的移民主要来自英国。墨尔本则是有更多英国以外的移民，让这个城市的人文生态呈现出一种百花齐放的状态。

我在澳大利亚其余城市听到最多的就是英语——我不会说，但简单的区分做得到。在墨尔本，可以在英语之外听到希腊语、意大利语、西班牙语、越南语，以及大量的中文。走在街头明显可以看到不同种群的人们，即便是白人，看得多了，也能区分出南欧、西欧之间微妙的差异，感觉有点像我们在国内看南方人和北方人。

虽然墨尔本的历史不长，但却浓缩体现了19世纪以来的近代化进程——由农业而到突然爆发的工业，而后发展到现代化城市。

释文 / 海上生明月天涯共此时

尺寸 / 2.6 X 2.6 X 2.7cm

材质 / 纯银铸造

重量 / 113g

时间 / 2019 年

放在其他地方，这一过程的时间会更长一些，要三四百年，而在墨尔本，这一切则被浓缩到不足百年。由此倒可以看到工业化对一个地区的促进。

1835年以前，墨尔本基本没有人居住，1840年只有不到一万人，1847年才被命名，成了当时大英帝国下辖的一个城市。而1851年，这里发现了金矿，短短三年时间，墨尔本的人口就达到12.3万人，等到在1880年，墨尔本已经成了当时全世界最发达的城市之一，也被报道为当时全世界最富裕的城市之一，也是当时大英帝国人口最多的大城市之一。

走在墨尔本的街头，这种浓缩后的时空感特别明显，高楼掩映之间，还有不少维多利亚时代的建筑，这些建筑现在普遍都被开辟为公共场所，徜徉其间，依稀可见昔日"日不落帝国"的辉煌。

墨尔本的街头是澳大利亚移民文化的缩影，在距离墨尔本不远的疏芬山金矿，则展现了现代社会发展的原动力。

三

1850年，在这里发现了黄金，一时间从欧洲、美洲和亚洲拥来大批淘金者，其中还有从我国的广东和福建等沿海地区来的四万多名华工，他们把疏芬山称之为"新金山"。

在这之前，畜牧业大发展促成澳洲经济的第一次起飞，疏芬山矿的"淘金热"则加速了澳大利亚全方位发展的第二次经济腾飞。这座金矿是澳大利亚这个国家经济崛起最有力的见证者。

　　疏芬山距墨尔本市区约一个半小时车程，可以自驾或搭乘专列前往，我选择了后者。

　　这趟专列完全复原了19世纪的装潢与构造，从登上列车的那一刻开始，时空便在我眼前交错，一百多年的历史，被浓缩成了一段短短的旅程。

　　走入疏芬山金矿，便仿佛回到了19世纪。小镇上的建筑和人都保留了当时的原貌，让人似乎置身于那个遍地黄金的年代。小镇里的房屋都是木结构，就像是美国西部片里的画面。这里和美国西部也确有不少关系，毕

2017 年 12 月于墨尔本蒸汽怀旧火车上

竟当年来这里淘金的美国人居多。从某种意义上而言，墨尔本的发展正是旧金山发展史的复刻。

在现在电影、电视的描绘中，19世纪的西部小镇，是充满浪漫与英雄主义的地方，但真正走入其中，看到当年人们生活的原貌，才会真正理解他们当年生活的困难。这里交通不便，生活配套几乎完全没有，当年乌泱泱的人聚居在这里，吃喝拉撒都在不大的一片地方，环境十分糟糕。

当时在这里生活的人们，早起去淘金挖矿，夜晚才能归来。估计其中还有不少为财富而发生的情仇故事。西方原始工业化的积累，并非如某些媒体粉饰的那样太平，其中也充满血腥。

但不得不承认，正是这种积累，让墨尔本这个城市快速进入了工业化，从而从一个偏僻的边陲小城，在几十年时间里跻身世界大都市的行列。

沿着小镇走下来，许多独具特色的商铺吸引了游客的眼球。这里保留有用19世纪方法制作面包的面包房，还有出售贵族服装的成衣店、铁匠铺、马具店等售卖当时生活必需品的商店。1970年，澳大利亚政府出资将疏芬山金矿古城修复，作为旅游观光景点对外开放，这里准确还原了当年探矿者在金矿工作和生活的场景，再现淘金热时代的景象。

在疏芬山还保留了19世纪金矿开采时的两个矿洞，矿洞不大，但很深邃，洞口用木条做了支撑，游客可以顺着洞口往下走，去参观当时开采的具体劳动场景。我也下去看了看，单纯的采掘作业现场并没有什么特殊的地方，逼仄、昏暗，空气不流通，所有的矿洞都是这般模样，但采掘出来的东西却又千差万别。

　　地下金矿环境非常简陋，空气比外面的湿冷许多，唯一的照明设施是蜡烛，而这也是矿工赖以生存的必需品，除了照明，还能检测矿洞里面的氧气含量，以及加温矿工们的饮水，让他们获取一丝热量。

　　这种沉浸式的旅游，让游客更能深入其中，当再度登上列车，返回墨尔本市区时，我都还依稀觉得自己还在19世纪。

　　列车缓缓向前，周围景物不断变化，逐渐靠近市区时，现代的气息又迎面而来。列车在穿越路径，车上的人却跨越了时空，到底我是属于昨天还是今天呢？如果真有19世纪的人登上这列火车，来到这样现代化的城市，他们又会做何感想？

　　这趟火车连接起来的，似乎并不是单纯的两个地点，而是墨尔本的过去与现在，从城市去矿区，那是直面历史，寻找根由。而从矿区往回时，过去被抛在身后，不复再现。于我而言，过去与今天的联系更为紧密。在传统艺术领域，追慕先人、言必称古，是通行的口号，可这种追古，又将今人的创造置于何地？

　　返回的列车，将我从过去带到了现在，但在我面前的，却说不清是不是真正的未来！

2018年7月于浣花溪

乌鲁鲁的日与夜

从悉尼到乌鲁鲁，有三个多小时的空中旅程。这趟航班，是一款我叫不上名字的小型飞机执飞，局促的机舱里，塞进六七十人，分外逼仄。

我从悉尼升空，向着广袤的澳大利亚内陆前进。飞机太小，一遇到气流便不停震颤。遇到剧烈颠簸时，不由会心紧片刻。

悉尼算是整个南半球最发达的城市了，是现代文明的代表。当飞机降落，我看到乌鲁鲁的景色时，却感觉自己来到了另一个国度。

这是一片几乎还保留着原始风貌的土地，很多地方都罕有人迹。广阔、荒凉，是乌鲁鲁带给我的第一印象。

乌鲁鲁的机场十分简陋，和它国际级观光地的身份很不匹配。机场的候机大厅是轻质材料搭建，有点像国内建筑工地上的工棚，而机场内外，只用一道简单的铁栅栏围起，进机场，完全没有安检。这让我感觉十分惊奇。

我到达乌鲁鲁时，是中午时分，火辣辣的太阳悬在头顶，明晃晃的光刺得人睁不开眼睛。站在机场外的板房下，我竟觉得眼前的景象，和我多年前看的美国电影《走出非洲》分外相似。

从机场到营地，还有很远的距离，一辆大巴载着我和同行的游客，沿着颠簸起伏的公路向前驶去。车窗外，车轮扬起大量灰尘，间或会有一棵低矮的灌木从眼前掠过。突然，司机一个急刹，将车停在了路边。只见司机匆匆跑下车，又快速走上来。在他手里，捏了一只差不多二十厘米长的蜥蜴。

这只蜥蜴，算是我见过的最漂亮的蜥蜴了，神态温和，浑身金灿灿的。司机说，这种蜥蜴是澳大利亚这一地区独有的，很多人把它当作宠物养，刚在路边见到，他也要拿回去当宠物。

在澳大利亚，野生动物真是多到让人震惊。据我澳大利亚的朋友说，家里时不时也都有这些野生动物光临，甚至从厨房、厕所里捡出毒蛇来，都不算什么新闻。

2018 年元月于乌鲁鲁

太阳快要落山时，我们到达了营地。因为游客众多，乌鲁鲁的营地已经完成了酒店化改造。这些砖瓦房屋坐落在荒野中，倒是让我又感到了几分现代文明的气息。

一

第二天，天还没亮，我便起床走到屋外。这时，同行的很多游客也在屋外的空地上聚集，听从导游安排，骑上了骆驼向艾尔斯山进发。

澳大利亚原来没有骆驼，乌鲁鲁开辟为旅游景点之后，管理部门才进口了一些供游客乘骑。这种来自中东的沙漠动物，好像很适应这里的环境，看上去也悠然自得。

在乌鲁鲁欣赏日出，是来这里必备的旅游项目。荒原上的孤山已经够让人惊奇了，孤山上日出的恢宏，更是让人难忘。

太阳从艾尔斯山背后升起，转瞬之间，整个世界就被金色拥抱。原野上低矮的灌木，稀疏散布，微风吹来，穿过树梢时的呜呜声，就像从远古传来的低唱。

澳大利亚的苍凉与广阔在这时浸入人心。

二

伴随太阳的升高，四周逐渐明亮起来，空气中草香弥漫，活动的游客也多了起来。

乌鲁鲁可看的东西并不多，但澳大利亚旅游部门对其开发得非常彻底。光秃秃的艾尔斯山，如果在国内估计便是一两个小时的巡游，但在这里，却安排了早中晚的巡游，欣赏不同时段景色的变化。

上午我在营地里休息，午饭后导游便安排登山。走到巨岩之下，宏大造物的压迫感迎面而来，作为世界上最大的单体岩石，艾尔斯山在这一刻

2018 年元月乌鲁鲁的下午茶

让我再次领略了自然的伟大与神奇。

登山有固定的路径，这是早前生活在乌鲁鲁的原住民所开辟出来的通路，现在，如果旅行者想要沿着新的路径上山，还需要报相关机构审批。

山上的风光并没有什么太独特之处，但登上荒原中的最高点，看着四面无边的稀树草原，那种开阔与宁静，还是分外动人。

从山上下来，天已黄昏，稍事休息后，夜间的活动便又开始了。

我在这里参加了一场自助餐会。比较赶巧，我参加的这一次除我以外没有中国游客，同行者都是老外。我语言不通，没法和周围的人交流，但这也给了我一个机会，以旁观者的姿态看看这些欧美人日常的生活。

这场自助餐会约有一百人参加，拿取食物时，没有一拥而上，每个人都拿着自己的餐盘依次排队。更让我感到有些惊异的是，没有人去取第二次，都是一次将自己需要的食物拿够。整个用餐过程显得井然有序。

餐会里的景象也和我在国内所感受到的颇有不同，老外们没人玩手机等电子设备，都在三三两两地聊天。这种亲切感于我而言，倒是有些久违了。

饭后，我在餐厅周围的田野中走了一圈，万籁俱寂，只在远处传来几声野生动物的鸣叫。没法和人交流，我显得有些形单影只，在那一刻，我心头甚至浮现出一个念头，要不要再去学学外语？可惜这终归是个念头而已，毕竟日常生活中用不上，哪怕鼓起勇气开始了学习，估计也会半途而废。

在国内我也游走过很多地方，感觉欧美人对旅游的理解和我们还是有很大差异，国内的旅游更看重观光，好像是"我来过，我看见"，而欧美人的旅游则更注重体验，深入一个地方，似乎总想让自己成为这个地方的一分子。

看待旅行方式的不同，是东西方文化差异的表象，也和社会经济发展水平有关。毕竟中国人开始将旅行看作生活中的一部分，也只是近二十年的事情。

三

待我回到营地时，三三两两的人群已经围拢在一起，准备欣赏夜晚的星空。这是我这么多年来所见过的最美的星空。我从未想过天上的星星会这样繁密，也从未想过，那些星星就仿佛近在眼前。

总感觉一伸手，或者扔出一块石头，便可以触碰到一颗星星。

远离城市的烦嚣，星空的奇景也在荡涤每个人的心灵。我对天空没有太多认识，各个星座也只是几十年前在中学课堂上学过。但在此刻，当这些星星真的呈现在我面前时，却没有任何疏离感，虽然叫不出名字，但当讲解的工作人员用指星笔指向天空时，对每颗星星我都感觉亲切而熟悉。

大约每个人的心里，都有星辰大海的梦吧。

观星结束，导游将我们带到了一片高地。这几天，一位法国艺术家正在这里展出他的装置艺术。

这些艺术作品并不复杂，就是一根根一米多长的玻璃管，在顶端自然扭曲，然后被插放到山野之中。这种简单的行为，一再重复，上了一定规

2018 年元月乌鲁鲁夜晚灯光秀

模，带给人的便是无边的震撼。

当我们站定，所有的玻璃管都被通上电，山野中呈现出了各种不同的色彩，恢宏无际，甚至就连星空的光芒都被掩盖。色彩斑斓的宏大景象之中，却又细节不失，每根玻璃管都有自己的姿态。

我并不知道这位艺术家想要通过这些装置表达什么样的思想与情感。对我而言，只感觉这似乎看到了独立个体的人，在生活中状态的呈现。这也让我不由得思索，自己的艺术表达，能让观者看到多少我的内心世界呢？

天空与地面，都有光在闪耀，人在这旷野之中，只是微不足道的一分子。没有这天地，便不会形成这样的奇景，但若没有人的参与，这些美景似乎也没有了意义。我们要尊重自然的伟力，但终究还是要以人的本体，投入其中。

2018年7月于浣花溪

寻茶记

2018年秋，我受朋友之邀，去滇南茶山走了一圈。

朋友做茶叶生意，年年都到茶山寻茶，是行业专家。我喝茶虽说时日长久，但其中真义却不甚了了。跟随一行，长了不少见识，也得了些许茶中真义。

一

滇南寻茶的第一站，是勐海县的老班章。

车在滇南的省道上疾驰，道路两旁满是木棉花，即便已是深秋，映入眼帘的依旧是苍翠的绿色，一片生机勃勃的景象。

之前，我很多次听说过老班章的大名，有些懂茶的朋友，也会在某些茶饮聚会的时候拿出老班章的茶来，视若珍宝。但这种茶怎么个好法，我并不知道。实际，老班章最初并非茶名，而是地名。这是一个还保留着原生态自然环境的村寨，在勐海县布朗山的密林之中。后来，这里产的茶叶获得极高认可，人们便以村寨之名来命名茶叶。

从勐海县城到老班章寨子，开车需要近三个小时，距离并不算远，只有约五十公里。只是山路难行，路面多为碎石子铺就，很多地方还是泥泞的土路。朋友说，路面铺上沥青或水泥，对茶山环境都会有影响，为了保证茶叶品质、茶山品牌，这些路面都没有处理，最多用石子进行硬化。

　　到了老班章寨子，我们先去了茶园。老班章的茶树，多是古树。我对此不太懂，朋友说，所谓"古树"，是有三百年以上树龄的茶树，这种茶树因为种植时间长，根系宽广，所以叶片内容物质丰富，做出来的茶品质会更好。

　　在我这个外行人看来，这些古树并没有什么出奇，高者不过三四米，粗者也不过成人大腿粗细。朋友说，可不要小看这些树，现在老班章茶叶价格极高，一公斤干叶可以卖到一万元左右。一棵树一年两季的采摘，便可换来数万元的收益。在老班章，最差的村民家庭，一年也有差不多一百来万的收入。

　　这倒还真是让我有些震惊了，但想想现在普洱茶这么火热，便也可解释这一状况。

　　老班章寨子规模不大，坐落在山间的一块平地上。鳞次栉比的房屋，在夕阳的映照下，安静祥和。大约因为来的人多了，村寨里的狗也不怕人，一唤便到身前，任人随意逗弄。

　　朋友因为每年都来此收茶，和村里的很多茶农相熟，关系也不错。得知我们当日要去，一位与朋友关系好的茶农还专门从勐海县城驱车来寨子里，招待我们。

这位茶农姓杨，他告诉我，在2004年以前，寨子里并不富裕，每年茶叶都是由国营茶厂收走，那会儿也没有山头茶的概念，不管哪里产的茶，都是按国营茶厂"五等十级"的标准收购。这里交通不便，其余农作物收成也不好，生活甚至可以说有些贫困。

2004年以后，伴随普洱茶行市的一路走高，以及老班章这个茶叶品牌的走俏，他们的生活突然有了极大改变。

财富的增加，改变了他们的生活状态，但或许因为历来的生活习惯，老杨给我的感觉是始终在现在与过去之间徘徊。若以社会学来考量，他们的生活倒可以算个很有意思的样本。

在老杨家里，我们喝到了2018年的春茶和秋茶，茶是好喝，但我说不出什么所以然来。朋友细心给我解释什么是水路、什么是喉韵，以及茶叶品鉴的各类知识。有茶喝着，似乎能有明确感受，但当放下茶杯，我对这些又不太了然了。

走出老班章，太阳已经落山，伴随着夕阳的余晖，我们踏上归途。群山之间，依稀还可见阳光，整个山头在夕阳之下都被映成红色。等到拿出手机，想要把这壮美的景象记录下来时，汽车拐过山间的一道弯，却再也看不见了。

二

第二天，我们踏上了另外一座茶山——景迈山。

　　景迈山在普洱市，与勐海毗邻，这是普洱茶最重要的产区之一。山上大大小小的寨子相连，各个民族混居，茶园也连成一体。这里的茶园一共有两万余亩，除了茶叶生产外，也是一个有名的景点。

　　或许因为景迈山承载了一些旅游功能，这里的基础建设比前一天我们去的老班章要好得多，道路依旧是用碎石子进行的硬化，但看不到土路，路面也非常平坦。

　　在景迈山山门口还有一个检查站，主要看过往的车辆有没有夹带茶叶，免得以次充好，将外面的茶叶带入山上，以景迈的名义销售。朋友说，这只是做个样子，实际意义不大，靠一个检查站，真有山民带茶进去，也查不出来。

　　景迈山上茶园众多，越往上走，茶叶品质越好。景迈山最好的茶叶产在山顶的大坪掌，这是一个寨子的名字，这里得天独厚的自然环境，孕育了品质很高的茶叶。

　　大坪掌的茶园，现在已经开辟为一个占地千余亩的公园，茶季茶农在其中采茶，平时可以供人游玩。只是这里交通不便，除了茶也没什么别的景观，所有到这里的人，也还都是冲着茶来的。

　　一条碎石铺就的小路贯穿了整个茶园，小路的两旁就是茶林。参天的树木遍布其中，茶树生长在其间。这些茶树都是数百年前人们种植的，多年来几乎没有什么变化，行走其间，似乎可以看到几百年前人们在这里种植茶树的情景，古代和今天，就这样在不经意间交融了。

　　因为秋茶季已近尾声，采摘也基本结束。在大坪掌的茶园里，没有多少人，偌大的茶园，甚是幽静，明晃晃的太阳穿过树梢照下来，也不觉得热，时不时传来的鸟叫，更让这片茶园显得分外动人。

在下山的路上，我们进到一个名叫糯岗的傣族村寨。这个村子很小，只有二十余户人家，都以茶为生。去时，正逢屋后一位茶农在炒茶，鲜叶在锅中翻腾，青草味逐渐褪去，传来阵阵茶香。这和泡茶的香气还有些不同，比泡茶的香气更浓厚，醇烈一点，但又不是烹调时炒菜的味道，具体该怎么形容，我也说不上来。

在屋里，一位傣族小伙儿给我们泡上了今年的春茶。他已经按照今天普遍所见的方式来泡茶了，不管用洗杯子还是用盖碗出汤，一板一眼，甚有架势。他说，寨子里也是最近十年才用这样的方式泡茶，主要是客户需要这种方式。

他们传统的喝法，就是将茶叶放在陶罐里，再在火上焙烤，等到香气出来，再冲入沸水。只是今天这样的饮茶方式，除了寨子里的老人，几乎没人再使用了。

这十余年来，红火的茶叶生意，在改变这些茶农经济条件的同时，也深深改变了他们的生活习惯。

景迈山很大，寨子很多，这里居住的各族人民大多信奉佛教。每个村寨几乎都有一座庙宇。在景迈山的中部，还有一座傣族风格的寺庙，其中既供奉神佛，也供奉祖先。寺庙不大，周围是一圈挂满风铃的围廊，中间是用金漆刷涂的佛塔。

太阳西斜时，正好将一束光洒向塔尖，蓝天白云与金色佛塔，在这一刻竟如此和谐，伴随不时传来的悦耳风铃声，让人心醉。

三

在茶区的最后一天，我们去了勐海茶厂与南春茶厂。前者是普洱茶的"圣地"，后者则是今日比较有名的私人茶厂。

此前，勐海茶厂的名字我听过不少，但对其历史并不了解，更不知有好茶者，视其为"圣地"。

勐海茶厂是国营老厂。在2004年以前，绝大部分的普洱茶都是出自这里。勐海茶厂的前身可以追溯到民国时期，抗战初期就在进行生产。厂区的大门依旧是20世纪80年代国营厂的风格。朋友说，时常有人来这里拍照，大约也是因为这扇厂门承载了太多历史和记忆，所以保留至今吧。

进入厂区，道路两旁都是20世纪五六十年代的职工宿舍，黄墙、灰瓦，深深地保留了历史的痕迹。再深入其中，才是今天开辟的品饮区和生产区。

生产区我们没能进入，品饮区则装潢得和咖啡店相似，其中新款茶的包装，乃至品饮方式，都有很大改变。品饮区里泡茶就像冲咖啡一样，简化了不少，也更具有现代气息。朋友说，这是茶业的一个进步，毕竟茶最核心的属性，就是饮料，这样冲泡便于推广，也和时代接轨。

喝喝茶，聊聊天，看看滇南明媚的阳光，这样的感觉确实不错，让人感到从身到心的放松，悠闲自得。

南春茶厂是今天勐海普洱茶生产的一个缩影，也是在这里，我看到了普洱茶到底从何而来。

南春茶厂占据的面积之大，超过我对这类企业的想象。厂区除了生产普洱茶的车间外，还有很多仓库。这里存放有南春茶厂自己的茶叶，也有很多茶商拿来加工的产品。

茶叶运到南春茶厂时，还是散的毛茶，要加工成饼茶，还需要在车间经过数道工序。首先是进行筛选，捡出其中的老叶、废秆。然后进入压制环节，三个工人站在操作台前，熟练配合，一个工人分装，两个工人压制。

分装好的茶叶，在高温蒸汽上蒸制数秒后，被放入特定的模具，用机器压成饼状，然后另一位工人将这些压好的饼再放入石制的模具下定型。等到完全固定再取出，放在架子上，到达一定数量后，再放入烘房烘干。

直到此时，方才算完成饼茶的制造。再然后，这些饼茶还要经过包装，方才能上市。包装普洱茶，在我看来也是非常有意思的一件事，一张方形白纸，包住茶饼，一端折起来，在工人手下翻飞，不一会儿便将一块茶饼包得严严实实。茶饼最外层用箬叶包裹，这是从唐代就开始使用的包装材料，和茶也最为相宜。

饼茶的生产过程在我看来甚是新鲜，但在工厂里，日复一日地重复这样的劳作，应该并不愉快。

茶，从树上的鲜叶到入口的茶汤，是一个漫长的过程，但只有经过这样的酝酿，方才能让其中的魅力彰显，成为受人追捧的珍品。我朋友说，现在茶业受市场左右，难免在某些时候有点失真，毕竟茶叶最核心的

释文 / 人生太短故事太长
尺寸 / 2.6 X 2.6 X 2.7cm
材质 / 纯银铸造
重量 / 120.2g
时间 / 2019 年

用途，还是饮料，其余的属性都是建立在这一属性之上。若是茶只用来膜拜、装点自身，那也就失去原本的意义了。好茶毕竟还是要好喝才行。

成茶不易，还要好喝，更是困难。于困难之中保持本心，大约便是茶最真实的意义了。

2018年12月于浣花溪

回不去的远方

忆徐益生、徐无闻父子

前些日子，在翻检旧物时，我找出了一张和徐无闻先生在他重庆北碚居所的合影。这是一张二十九年前的照片，拍得不算清晰，我甚至都已经记不得为我和徐无闻先生拍照片的人是谁了。但看到这张照片时，诸多情绪却泛起，徐益生、徐无闻父子的音容笑貌再现眼前。一段思绪沉淀，以往的故事如同画卷般在我眼前徐徐展开。

一

1988年春天，在一次闲谈中，一位朋友告诉我，他认识徐无闻先生，问我想不想去拜见一下。那时，我研习篆刻差不多已有十年，虽然略有所成，但并不成体系。骤然间听到朋友提到这位当世一流的篆刻家，还是有些吃惊，连忙说愿意，并拜托朋友带我前去拜访。

一个以往只在书上能见的名家，要出现在生活中了，这样的机缘，对当时的我来说，充满了不真实感，我内心也激动万分。

在忐忑中等了几天后，朋友来回话了，他对我说，徐无闻先生还在重庆上课，要等到暑假才会回成都，拜访的话，得到那个时候了。我对暑假的盼望，从未有那个夏天那样急切。几乎每天都在掰着指头算，什么时候才能等到暑假，可以见徐先生一面。

1990 年春与徐无闻（右）于重庆北碚

　　多年后回想，大约那时我的心境，和今天年轻人追星的感觉差不多吧，只是所追的对象不同而已。

　　终于，朋友带来了消息，说徐先生已经回到成都，可以上门拜访了。我整理了一些自己的习作，跟着朋友，踏进了先生家门，这是我第一次见到徐无闻先生。

　　那时，徐无闻先生一家，还住在徐家老宅，位于离火车北站不远的玉局村。从清代徐无闻先生的祖上开始，他们一家便住在这里。

徐益生先生题斋号——抱弥精舍
尺寸 / 43.5 X 19cm 时间 / 1987 年夏

　　院子不大，是常见的民居样式，虽是书香世家，但室内陈设、宅院布局和普通人家并没有什么两样，唯有在一些细节上，可以见到徐无闻先生的家学与传承。

　　时隔多年，我已记不太清徐无闻先生家的具体格局，唯一印象深刻的，是屋内不起眼处的两幅字画。其一是在老宅后门的背面，张挂了一张易均室篆书毛主席诗词。其二，是在室外屋檐下的墙上，用图钉钉着一张方介堪所画的《红梅图》。

　　初见徐无闻先生，和我心目中的形象还是有所差异，徐无闻先生身量不高，身材瘦削，大约因为长期伏案的关系，背也有些驼。但待人谦和，毫无名师大家的架子。

　　第一次和徐先生对谈，交流并不太顺畅，徐先生因为耳朵不好，听音有些吃力，我不知情，不敢大声说话，说了半天，徐老也听不明白我在说些什么。去的当天，我带了一本民国旧装裱的碑帖，徐老拿着审视一番后，在上面给我题了字——"曾杲同志收藏"，现在这本碑帖也还在家中。当天，徐老还指点了我不少篆刻方面的知识，对我带去的印稿也一一做了详细批改。

　　今天来看，当时徐老对我的指点，是围绕具体问题所进行的，对我的短期提高有不少帮助，但对我后来的艺术之路，其实并无太大影响。倒是后面，徐无闻先生在我带去的印稿上，用钢笔写下的两句话"牧甫沉着可为师，让之婀娜亦可参"，在此后的许多年里，让我获益匪浅。

　　在临分别之际，徐老告诉我说，他不常在成都，一般只有寒暑假才回来，若是平时有什么问题，可以写信给他，或者前来寻求其父徐益生老先生指点。

二

　　徐无闻先生的书法篆刻以及文字学造诣，皆源自家学。徐益生老先生，也是民国时期四川较为有名的篆刻家。就后来在书法篆刻以及学术上的成就而言，徐无闻先生是要在徐益生老先生之上的。

　　但就我和徐益生、徐无闻父子的接触而言，从徐益生老先生身上得到的教诲，却又较徐无闻先生为多，毕竟徐无闻先生远在重庆，一年见面就那么几次，而徐益生老先生我却随时可以拜访。

　　我已经不记得在我拜见徐无闻先生的当天，徐益生老先生是否在家，只记得那个夏天，当我想要第二次去拜访徐无闻先生，请他为我批改印稿时，朋友告诉我，徐无闻先生学校有事，已经回重庆了。

　　我得以拜会徐益生老先生时，他已经搬离了原来的徐家老宅，到了火车北站附近的一栋小楼房里。这里和老宅相比，环境要干净不少，但却有些逼仄，屋子里满满地堆着书籍、画卷，留给人的活动空间很小。

　　徐益生老先生在篆刻上，并没有开创出比较鲜明的风格，但是对印学的认识很深，积淀深厚。

　　在徐老先生的教导下，我更清晰地认识了汉印的流变以及具体的艺术风格。在当时，这并没有促进我篆刻水平的快速提高，但在后来，当我对篆刻的认识到达一定程度后，再来回想徐老先生对我的这些教诲，才发现徐益生老先生对我的指点真是一座宝库，里面的营养至今仍在一定程度上滋养着我。

　　我拜会徐益生老先生的频率很高，几乎每个月都要去两三次。一天，徐益生老先生问我："小曾，你见过真的汉印吗？"我说："只在书上见过图片，实物还没见过。"徐老先生听罢，也不作声，去到里屋拿出一个铁盒子，对我说："打开看看吧，这里面就是汉印。"

　　这个铁盒寻常无奇，就是寻常家用物件，只是在其上加了一把锁。锁满是铁锈，就连钥匙眼都被锈死了，我找来一把改锥，把锁撬断，方才打开。这有些像影视作品里，寻宝者探秘夺宝的故事，对当时的我而言，这也确实是一个获取宝藏的过程。

云水砚

尺寸 / 27.8 X 19 X 3cm

题砚铭 / 徐无闻

制砚、刻字 / 曾杲

铁盒里满满地放了二十多枚汉印，有些还带着泥土，铜锈斑驳之间，可见的是印学数千年来的传承。

每一枚汉印，徐老先生都为我做了详细解说。从字法到铸造工艺，对应的官位、历史沿革，徐老先生都如数家珍。临别之际，徐老先生还专门把这些印章钤盖在纸上，让我拿回家仔细研究。

徐益生老先生对我的教诲，在此后的时间，逐渐结出了果实。差不多同一时间，我参加首届于右任杯全国书法大赛，获得了银奖。

我在徐老先生处受学，有近两年时间，除了篆刻之外，徐老先生还教了我不少别的东西。尤其是他虚怀若谷的人生态度，更是对我影响至深。

我的斋号"抱弥精舍"是徐益生老先生所取，他还亲手为我题写过两次。徐老先生曾对我说，艺术于个体的生命，是一个很复杂的话题，有时看来无用，毕竟不能吃，不能穿；有时却又是生命的归属，那是在给自己的灵魂寻找一个可以安放之处。

抱弥精舍之"弥"是久远、高广之意。抱弥，是对于广大世界的不停探求，但究竟高广无垠，这种探求似乎也是没有边际，最终却又有些虚无之感。这是徐老先生一生沉淀的感悟，也是他对我的启发。

当时，我并不太懂这两个字的含义，只是觉得好听有趣。几十年过去，伴随人生不断的历练，我才越发感觉这两个字的宏大精深。不管前路如何，终归是要不断追寻，这段追寻，可能是没有答案的，但自我的人生价值，就在这一过程之中。

三

自1988年的那个夏天开始，我每年大约能见徐无闻先生三四次，每次所谈内容都很丰富，可惜当时没有做笔记的习惯，徐无闻先生所谈的很多内容，我今天只能回忆起来一个大概。

1990年春节刚过，徐无闻先生便赶回了重庆，在那个春天，我动了前往重庆拜望徐无闻先生的念头，积攒了不少时日，才有了往返的路费和住宿费。

当时前往重庆，是一个耗时巨大的工程，慢摇摇的火车从北站出发，沿着老成渝线一路向前，需要一整夜的时间才能到重庆。

我当时买不起卧铺，坐着硬座挺了一个通宵，到接近重庆时，人已经困倦得不行，只记得火车接二连三地穿过山洞，车窗外的景色总是呼啸着从眼前掠过。

当时，徐无闻先生住在重庆西南师范大学的桃园二舍，西南师范大学在重庆北碚，距离重庆市区还有好几十公里。我坐在公共汽车上，沿着盘山公路上上下下，看着车窗外的景物不断变化，虽然身体疲乏，心中倒是充满了新奇与期待。

桃园二舍在西南师大里的一座山坡上，从校园中走到桃园二舍还有很长的一段距离。具体的路径我今天早已记不清了，只记得当时问了不少人，才找到路。小山上树木丛生，一条石板小道掩映在草木之间，小道尽头的一幢小楼便是徐无闻先生居住的桃园二舍。

周围环境算不上多好，但是胜在清静。几十年的时间里，徐无闻先生便在此治学、谈艺，对当时的我来说，走在这样一条小路上，颇有些朝圣的意味。

楼已经有些年头了，估计是20世纪五六十年代所建，结构为苏式的筒子楼，一条通道连通楼里各家各户，楼道内充满了烟火气。

徐无闻先生住在二楼，屋子不太宽敞，但也不算逼仄。走进屋内，最先映入我眼帘的，就是徐无闻先生书房内的四个大书柜，里面满满当当地放着书。当年，寻常人家里连一个书柜都难见到，恍然间见到四个这样的书柜，倒是让我惊奇不少。

徐无闻先生的书案就在书柜旁，书案的背后挂了一张拓片，侧面是一张沈尹默的楷书。但走遍整个屋子，见不到一张徐无闻先生的作品挂出来。

我有些诧异，便问徐无闻先生，为什么一张他的作品都见不到。徐无闻先生说："我都还在学习，东西还欠火候，就不挂出来了。"

当天，在徐无闻先生的寓所，我们谈了很久。我对徐无闻先生说，想约他的学生张一农见见面。徐无闻先生道："今天可能不行了，他明天结婚，今天很多事情。你要不明天也去参加一下他的婚礼？"

可惜，当时已经买好了返程的车票，而且那会儿又不像今日，车票的改签很麻烦，甚至还有可能赶不到车。于是，我便没见到张一农。时至今日，虽然我们同为西泠印社的社员，但总缘悭一面，不得不说，也是一个小小的遗憾。

临行前，徐无闻先生从另外一间屋子的柜顶上取出四张书法，草书、隶书、行书都有。他对我说："小曾，你难得来一趟，选两张吧。"我左看右看，觉得张张都好。徐无闻先生莞尔一笑，说："四张都给你吧。"于是挨个盖章，包得整整齐齐，放进了我的行囊中。

走出徐无闻先生寓所大门时，我步履轻快，有些身入宝山未空回之感，甚至还在盘算着，等到夏天再和徐无闻先生畅聊，要他指点一下我的作品。从未想过，这是我和徐无闻先生的最后一次见面。

回到成都不久，我就南下深圳工作。那时通信不便，没有电话，信息往来主要靠写信和电报，我在深圳又变了多次地址，几次之后，便与同好友人断了联系。直到再回成都，才知道徐无闻先生已经逝世的消息，而这已经是他故去半年之后。

一张旧照，引出不少往事，当年的先生故去了，那个意气风发的少年，也已两鬓斑白。

2018年9月20日于红牌楼

当年明月——人物琐记

20世纪80年代，在我少年时，于机缘巧合之下，结识了多位大家名师。其中有几位交往至深，有几位则只是匆匆一面。但无疑，他们带给了当时的我很深的触动，传递给了我丰富的知识。今天这些知识依旧在滋养我，是我艺术、人生之路上宝贵的财富。

今天，我所认识的这些名家大师，已经无一在世。偶尔回想起当年和他们交往的情形，我也会会心一笑。时不时这些记忆，也会撩动我的心弦，会让我想起往昔，想起少年时……

我家老宅，在染淀街。今天，染淀街已经拆掉了，具体位置就在今天的"万里号"的船尾，直落于"万里桥"下。

"万里桥"是天下名桥，诸葛亮曾在此送费祎出使东吴，费祎有"万里之行，始于此桥"的感慨，这也是该桥得名的原因。"万里桥"既是古代成都水陆交通的一个重要起点站，也是一大名胜古迹，历史志籍记载颇多，文人吟唱也不绝于书。我在这里出生、长大，似乎冥冥中便注定了我生命的归属。

从我曾祖开始，我家就一直在这里，我也在此长大。府南河从我家门口流过，承载了不少我少年时的欢乐时光。

20世纪80年代的成都，还没有今天这么大。出了一环路，很多地方就是田野，由于生活区域的集中，那时相对而言，与这些名家大师接触的机会就要多很多。

20世纪80年代初，我十一二岁时，爱去浆洗街的美术活动站，那时邓焕章等先生常在那里。邓先生和我家是旧识。一天，他对旁人介绍说我能刻印。

彼时我并没有具体学习过篆刻，只是能刻出印章的样子而已，邓先生说我能刻印，实是夸赞之词。

在20世纪80年代初，"文化大革命"刚刚过去，传统文化的传承受到了很大打击。于是乎，一个"能刻印"的少年，便会显得有些出挑，旁人时不时会给以惊异的目光。

就这样，在邓先生的介绍下，我认识了李国瑜先生，此

1986年为黄原先生治印
"窗对西岭雪"

黄原先生题 69 X 50cm

后多年，他对我影响至深。

李国瑜先生秉承家学，他是民国时四川大军阀田颂尧的长婿。我认识他时，李先生在西南民族大学任教。我后来常去李先生家玩耍、求教。在20世纪80年代时，不要说李先生这样的文史大家，就连社会上有文化的人都不多。李先生家里丰富的典藏、书籍极大开阔了我的视野，他也对我的篆刻、书法等多有指点。

在李先生家，我还结识了不少名家，如果没有和李先生结交的机缘，这些名家，在当时我是无法接触到的。

一次，我在李先生家时，正逢蜀中名家，时在四川美院任教的黄原先生到访，李先生对黄原先生说，这个小伙子能刻印。黄原先生为我题写了一张签条。作为回报，我要求给黄原先生刻一方印章，黄原先生想了想，说，"那你给我刻一个'窗对西岭雪'吧"。我很诧异，对黄原先生道："这句话不是'窗含西岭千秋雪'吗？"黄原先生笑着对我解释，他的居所窗户打开，正好能见西岭雪山，所以要刻这么一句。

除了黄原先生，我在李国瑜先生那里，还见过苏渊雷、冯其庸等学术泰斗，虽然只是一面之缘，但这些名家的学识风度，还是给少年时的我留下了很深的印象，这种源自知识的气度，在很长一段时间内，都让我心生向往。

整个20世纪80年代，虽然生活上谈不上如意，但这种向往始终没有变过。或者说，与这些大家的结识，在某种程度上树立了我对文化的向往。

在浆洗街的美术活动站，我还结识了洪志存先生，洪志存先生是当时四川著名书法家，曾受教于"五老七贤"中的林思进和著名学者刘咸荣。民国时就举办过个人书法展览，青羊宫的匾额就是由他题写。

洪先生童心未泯，风趣幽默，常说自己是洪秀全的后人。对我这个小孩很是关照，见到我了，总要我拿作品给他看看，对我也多有指点。后来我还给洪先生刻过一方印章"天王载绪"。

1981年，我随父母搬了一次家，离开了染淀街，搬到了一环路外。新家在著名画家苏国超先生对门，张大千的弟子、著名画家赵蕴玉先生则在我家斜对面。由此，我便认识了苏先生与赵先生。我与赵先生更为相熟一点，我时常串门会溜到他家。只是那时对这些没有概念，等到稍长，才知道赵先生原来是一代书画名家。

我刚开始接触到篆刻时，总苦于找不到老师学习，自己钻研又不得法，一次去赵蕴玉先生家时，便问赵先生可否对我指点一二。

赵先生面对我这样一个少年，丝毫没有敷衍的意思，很诚恳地对我说，篆刻自己不会，书画倒是会一些，如果有书画作品，他能帮我看看，但是篆刻没有办法。说罢，赵先生从桌上抽出一张信笺，专门写了一封推荐信给葛默安先生，要我去找他学习。

少年时代，总是玩心大，开始郑重其事，回头便给忘记了，后来并没有前去拜访葛默安先生，倒是辜负了赵先生的一片诚意。

2018年春于锦里

我看朱新建

我和朱新建从未见过面，但这并不妨碍我喜欢甚至崇敬他。我收藏过他不少作品，也从他的艺术中汲取了不少营养。我不敢说自己了解他有多深，但在艺术上，我想我和他是有共通之处的。

朱新建比我年长差不多二十岁，在他走入公众视野的1985年，我中学刚刚毕业。那时我还站在艺术的大门外，也从未想过会在十多年后，对他的作品如此着迷。

朱新建的画，最开始是没有被普遍认可的，1985年的全国美展，他的"小脚女人"还被诸多老先生批评为"封建糟粕"。

社会对他的认识过程，其实也是思想解放的过程。从艺术上来说，他是幸运的，毕竟思想解放后的社会，才能给他提供创作的舞台。我认识朱新建，同样伴随着这一过程。对于艺术的探索，终究要与对时代和社会的认识同步。

20世纪80年代末，我已经在诸多全国展览上获奖，今天回过头来看，那些作品不能说不好，但始终与"艺术"还有一定距离。更多的，应该是关于艺术技巧的展示。当20世纪90年代中期，我开始认识到艺术创作与思想表达以及审美之间的关系后，也开始关注起朱新建来。

中国的传统艺术博大精深，但在民国以前，始终缺乏与时代相合的生

快意风雨

尺寸 / 15 X 19.5cm　材质 / 纸本水墨　时间 / 2016 年

美人图之一
尺寸 / 25 X 21.5cm 材质 / 纸本水墨 时间 / 2018 年

命力，文人的隐逸与情趣，从宋代到清末一直是艺术创作的主流思想。民国时，社会思想在外来文化的冲击下得到了很大进步，但这投射到艺术创作上，也是20世纪80年代之后的事情，当然其中还涉及政治生活对艺术的影响。

20世纪七八十年代开始，艺术家的作品更多体现出了自己的思想与认识，朱新建无疑是这其中的翘楚。进入20世纪90年代，他的作品逐渐成熟，甚至衍生出来一个新的画派——新文人画。

我对这样的派别认知并不太认同。毕竟曾经的"文人画"是指特定的人群，而今天从事这种艺术创作的人群其基础却并不固定，就创作理念而言，也和传统语境上的"文人"相去甚远。

一

2000年前后，朱新建的作品被大量印刷传播，我得以在很多场合见到，也开始认真审视他的艺术。

朱新建是一个天分极高的艺术家，寥寥几笔，便能准确地传递情感，表达思想。尤其他的美人图，更是直面人的欲念，将藏在人心最深处的秘密展露于众人面前。在他之前，鲜有传统艺术家这样做过，达到他这样高度的，更是凤毛麟角。

那时，朱新建的作品价格也不高，不过1500元人民币一平尺，他画的多为小画，多是一平尺一张。我虽然喜欢，但对他了解不多，而且也缺乏购买渠道，所以我当年也没有购藏他的作品。

不久后，我去扬州出差，认识了一位专门营销朱新建作品的朋友。他对我说，他手上有一百多张朱新建的作品，这勾起了我的兴趣，便想购买一些。

那天这位朋友拿来了七八十张朱新建的作品，任我挑选。观看原作与看印刷品是完全两样的感受，我当时还没有建立对绘画抽象的认知，在绘画审美上，还是秉承着具象的原则，于是翻来覆去看了半天，总觉得这些画虽好，但每张都有毛病，到最后一张都没有买。

回来后，那些看过的朱新建的作品总在我脑子里盘旋，我后来明白，是这些作品的确打动了我，只是认识不够，最终与其失之交臂。

又过了一两年，网络开始进入普通大众的生活，我时不时也逛逛网上的"书法超市"，这里面有大量朱新建的作品，只是这时已经涨到了五六千一平尺。

因为认识加强了，对朱新建的艺术我更能理解，形成的共鸣也日渐增多。几年下来，我差不多买了朱新建五六十件作品，到最后我没怎么再买时，他的作品已经涨到了一万元一平尺。

我收藏了不少现当代艺术家的画作，除了朱新建之外，别的艺术家我最多收藏两三件。这似乎也充分说明，我是他的"真爱粉"了。

二

2007年，朱新建中风瘫痪，从此右手便不能再创作，经过一段时间调养后，他开始用左手绘画。时不时，我在网上会看到说朱新建左手比右手更好的言论。不知道这些言论的由来，但我并不认同。虽然他的左笔画依旧保留了他的艺术理念，精妙之处还是不够。

瘫痪后，朱新建不但丧失了部分艺术创作能力，语言功能也受到了不小影响。我觉得，此时朱新建的艺术生命其实已经终结了。

2009年，我在南京认识了一位和朱新建相熟的朋友，他邀请我前往朱新建的寓所拜访。左思右想后，我放弃了前去拜望的机会。

在我看来，此时的朱新建，他的精力、语言能力也大不如前。接待以前并不认识的人，只是因为抹不开面子，我若上门拜访，实际是对他的打扰。

不过在此后，我在这位朋友的介绍下，从朱新建夫人陆逸手上购得了一张朱新建的油画。相对于别的作品，这张油画可算尺寸巨大，况且朱新建一生也没有画过多少油画，从他本人的艺术史角度来说，这是件非常有意义的藏品。

朱新建虽然美院出身，但这张油画的创作与平常意义上的油画并不相同。只是运用了油画的工具、材料而已，其创作手段与他的国画作品如出一辙。

不好说这张作品是朱新建的游戏之作，还是他在寻求艺术上的创新与突破，但在其中传递的情感、精神依旧鲜明。不同的材料工具，会带来作品不一样的表现，这种具有一定开创性的创作，其中所蕴含的艺术内质，也更为鲜明。

得到这张作品，我是极高兴的，而后我也从其中获得过不少灵感，

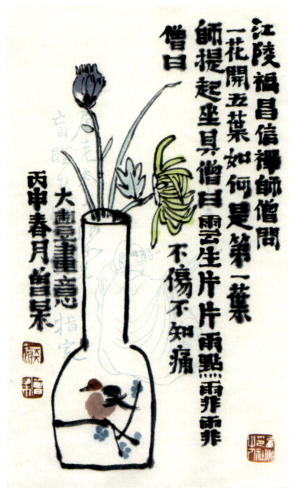

大丰画意
尺寸／15 X 19.5cm 材质／纸本水墨 时间／2016 年

这是否是我与他在艺术上的共鸣不好说，但这张画对我的触动却是深入心底。

在这之后，我几乎没有再听到关于朱新建的消息。直到他去世前，可能关于他的最大新闻便是他的儿子娶了王朔的女儿。

他与王朔，在20世纪八九十年代，都是中国文化界的领军人物，往大了说，他们引领起了一个时期的思想潮流，往小了说，至少也是各自领域的领军人物。

当看到这则新闻时，我不禁莞尔，甚至有些感叹命运的奇妙。他们两人虽然各领风骚，但并没有什么交集。而当他们的影响逐渐消散时，却成了一家人，就像两条线汇成了一点。

2014年春节刚过，我得知了朱新建去世的消息。坦白说，我并没有什么缅怀的心思，但还是觉得心里顿了一下。

作为新时代艺术的标志性人物，朱新建在历史上已经有了自己的地位，而且至今仍在深刻影响着后来者。对于他的谢幕，我不敢说"一个时代结束"这样的语句，但终究艺术的天空上陨落了一颗明星。

2018年春于红牌楼

索玛花开

在四川西昌，每到春末夏初之际，山野上总会开满杜鹃花。在西昌本地的彝语里，这些高山杜鹃被称为索玛花。

漫山遍野姹紫嫣红，是我童年常见的景象，也是深藏在我心底最深的记忆。

我出生在西昌，但在我几十年的生命里，和这个城市的联系并不多。当年，我的父母作为第一批知青，从成都辗转来到了西昌农村，在这里一扎就是十三年，我也出生在此。

20世纪六七十年代的西昌可谓边陲之地，无论物质条件还是文化生活，都和内地有着天壤之别。加之那时政策风向不明，来到西昌的青年们对自己的未来也充满了不确定性。乡村中的生活，在自由之外还有不少忐忑。

我父母下乡的地方叫李家坎，距离西昌城区不算远，但在他们居于乡村的十三年间，到城区的次数并不多。其一是生产队里每日上工，让人几乎腾不出时间来。其二便是贫穷。在农村里劳作，身上几乎没有余钱，出门进城一趟，总要花点，但凡不是必需，他们几乎不离开乡村。

当年，我父母来到这里，住在农民的自建房中，我也出生于此。那栋老屋贯穿了我童年四五年的回忆。房子并不好，土墙草顶，小门小窗，哪

释文 / 时间都去那了
尺寸 / 2.5 X 2.5 X 2.6cm
材质 / 纯银铸造
重量 / 103.8g
时间 / 2018 年

释文 / 索玛花开
尺寸 / 3 X 3 X 9.8cm
材质 / 青田封门
时间 / 2018年

怕是在白天，屋里也算不上亮堂。屋前有一个不算太大的院坝，有时会在这个院子里晾晒一些谷物、玉米，但那时没有三合土，一到下雨，整个院子便满是泥泞。

虽然条件简陋，但这间小屋却让我觉得分外温暖，在离开西昌后的几十年间，我不止一次梦到过这间屋子，虽然那些梦并不太真切。

我离开西昌回成都时只有五岁半，很多事情已记不清了，而且这些记忆，我并不清楚到底是自己真实所见，还是将后来别人对我的转述化成了自己的印象。

即便那些清晰的记忆，也都是片段式的，仿佛一张张画片，定格在某个瞬间。

一

我对西昌生活有记忆，大约在三四岁以后。更早的事情，则是通过旁人的口述得知。这些我所不记得的事情，在后面几十年中，深深影响了我的生活。

在西昌时，我家在安宁河边，回到成都后，我家也紧邻府南河。生于20世纪60年代的人，尤其在这样的生活环境中，没有不会游泳的。而我至今不会，甚至下水的次数都屈指可数。

我在童年时，并非一个安分的孩童，但凡能玩的都会去尝试一下，偏偏对水怀有一种恐惧。后来我才知道，这是在我两岁多时曾落水，如果不是旁边有位叫李厚周的村民将我救起，那我可能只是出现在后来某个知青回忆录上的名字——用以佐证当年知青生活的不易，更可能连名字都留不下来。

这事我一点印象都没有，但似乎那种被淹没的恐惧，深植在了我的心头。

当年我的父亲在生产队参与劳作，每天在田地里耕种，母亲则在村头的小学做民办教师。剩下年幼的我在家，父母不太放心，也没人照料，于是在我三岁左右，母亲便带着我去当旁听生。

我还记得那时的情景，每天，我都会拎着自己的小板凳，规规矩矩地搬到教室，和比我大上三五岁的同学一起，坐在讲台下，认真听。

学校与家，相隔不足百米，同样的泥墙，同样的草顶，但却是两个完全不同的世界。

学校很是简陋，实际就是帮着看孩子。上工的家长没法顾孩子，便全放到了学校之中，这也让一个班级里学生的年纪差异颇大。小的如我，大的有近十岁。每天上课也没多少内容可讲。简单说几句，剩下的就是带孩子。

遇到实在没有课程可讲了，老师们便干脆组织孩子们出游。

今天想起来，那会儿即使出游，也带有很强的时代特色。"革命""战斗"等词汇，贯穿到所有的社会生活当中。

记得有一次，老师们带着学生出游，去了泸山——今天泸山已经是一个公园，而在当时还是一片野林。

到了山脚下，便安排一个高年级的学生做坏人，发给他一支木头削制的手枪，剩下的学生便全是游击队员，上山去追捕这个"反革命"的坏人。

多了一点简单的剧情，便让这次出游分外不同。孩子们在山上随意奔跑笑闹，只是不知此时那些带队的老师们做何感想，他们应该预料不到此后几年间形势、政策的变化，只是将自己的大好年华交付与这山野之中，多少还是有些不甘吧。

我因为年纪太小，奔跑一会儿便疲累了，遂跟着老师们一同前行。当年的泸山上有很多寺庙，面积也都还不小，只是没有香火和信众，所有的寺庙都破破烂烂的。

山顶上有一座庙宇，中午我们都在那休息，一位老和尚走出来和老师们攀谈，讲了很多故事。这些故事让那时的我分外着迷，但今天却全然想不起来这位老僧讲的是什么，只记得他的俗家也姓曾。

四十多年过去，不知这座庙宇是否依然，这位老僧是否依然？又或者庙宇依旧，老僧已登佛国？

二

当年在农村，卫生条件不好。我还记得当年在河岸边看到过被围起来的棚子，里面住了感染了血吸虫病的村民。

这是记忆的片段之一，是一张画片，代表了我曾经的农村生活的一部分。我看到这个景象时，血吸虫病已经得到了较好的控制，并没有像我父辈们那样轰轰烈烈地经历"灭螺"运动，时至今日，血吸虫病也早成为一个历史名词。

1976年夏天，在我即将回城的前夕，唐山大地震来袭，损失惨重。

这一年对所有的中国人来说，都是悲哀的一年。年初周恩来去世，夏天朱德去世，当人们还没从悲痛中回过神来时，唐山大地震袭来，紧接着，9月毛泽东去世。历史在这一年被重重地注写了一笔。全国上下，陷入了一片哀愁中。

我当年并不太理解这一切，只是能感受到那种情绪上的变化。

出于抗震要求，所有的居民被迁出房屋，在晒谷场上搭起了抗震棚。对那时的我来说，这是很新奇的景象，几十户人家，都住在一个大棚子里，一张长长的通铺上，睡满了人。白天，大人们去上工、开会，小孩就在棚里棚外嬉戏打闹。

夜晚，所有人睡在一起，伴随着此起彼伏的鼾声入眠，间或还会听到有人传来的梦呓。这也是那个时期留给我印象最深的画面之一。

释文 / 坐观众妙
尺寸 / 2.6 X 2.6 X 2.8cm
材质 / 纯银铸造
重量 / 119.4g
时间 / 2019 年

1976年冬，我踏上了回城的列车，告别了西昌，回到成都和爷爷奶奶生活，而父母依旧留在那里，他们回城，还在几年之后。

刚回成都我还有些不适应，但渐渐这座城市开始滋养我，西昌的生活逐渐成为一段记忆。

在离开西昌二十五年后，因为工作出差，我再度回到了这里，那天时间仓促，但我执意要去曾经生活过的地方看看。当年，父母居住的老屋已经拆掉了，小学经过重新翻修，倒是焕然一新。河边不再需要隔离棚，晒谷场上也没有了谷子。

走到村口，和几位老人攀谈，刚一报姓名，他们便想起了我，格外热情，非要我前去家里吃饭。虽是临时准备，可却郑重其事，每家都拿出了最好的菜肴。

在那天，我连吃了三家，每一家都是腊肉、板鹅、时蔬、干饭，碗里面被菜肴堆得满满的，热情也像要从碗口溢出一般。

虽然多年不见，我却没有什么陌生感，一如孩童时的走门串户。看着老人们脸上绽开的笑容，我仿佛也回到了二十多年前，那时，我迈开小腿在田野里奔跑，周围是青绿的稻田，掩映之下几乎看不到人影，而在对面的山头，正盛放着绚丽的索玛花。

2018年春于锦里

成都的包子

作为一个南方人，我却十分钟爱面食。早晨总喜欢吃点包子稀饭，一个人的午餐晚餐，也常以面条解决。我不太清楚这到底是自己口味的偏好，还是儿时这些美食在我心中投射下的印记。

大约，我所好的这些，不仅仅是口味，还有一些情感和习惯在其中吧。

我童年和少年时对食物的渴求和向往，是今天的年轻人所不能体会的。这是时代的印记，也是独属于我们这一辈人的情感记忆。正是因为这种渴求，所以在今天，吃到带给我深刻记忆的食物时，还会在心底泛起诸多感动。

小时候，我随祖父祖母住在染淀街。今天这里是城市中最繁华的所在，当时还属于城市与乡村的边缘。我在十二岁前，一直就读于第五中心小学，每天上学路上都要经过南门大桥头的一家国营包子铺。

每天早上，经过这些包子铺时，闻到那新出炉包子的香气，总会让我吞吞口水。当时这家包子铺的包子卖九分钱一个，馒头四分，花卷六分。家里虽然说吃得饱饭，但总没多少余钱，于是吃个包子都感觉有些奢侈。即便我家就在这家包子铺的附近，但直到我搬走，也没有吃过几次。

那时，我每天的早餐是头天夜里的剩饭，早晨用开水煮煮，配上一点豆瓣拌小葱当菜，便是一餐。能混个肚饱，但腹中总没有油水，又是在长身体的时候，于是，这种对于大肉包的渴望，便成了那时我印象中关于食物最深刻的记忆之一。

南门大桥这家包子铺的包子以肉多、汁多闻名。大师傅手艺高超，做出来的肉包有浓浓的葱香，再佐以洗澡泡菜和清粥，实在是不可多得的早餐妙品。

我似乎和包子格外有缘。小学毕业后，我升入十中，每天早晨要经过的包子铺从一家变成了三家。

南门大桥这家姑且不说，在经过这家包子店后，在另一个路口是南大包，当年这也算是成都市的知名品牌，是许多人记忆中的美味。

在十中侧背后，则是著名的芙蓉大包。芙蓉大包出自芙蓉餐厅，芙蓉餐厅在当年是成都饮食界响当当的一块招牌，很多出自芙蓉餐厅的名菜，诸如芙蓉鸡片之类，今天依旧是川菜中的代表。

芙蓉大包大约最好地诠释了20世纪80年代初人们心中的美食，不但个头硕大无比，而且肉多丰腴，就连包子褶上，都感觉油亮动人。咬上一口，实是肥美诱人。

南大包和南门大桥桥头这家，以及芙蓉大包的调味方式都各有特色，南门大桥这家和芙蓉大包调味偏葱香，南大包则是以酱油为其调味的基础。这和今天的酱肉包还不太一样，南大包并不是用熟肉蒸制而成，上笼之前肉是生的，但在馅料的调味中，加入了一定的酱油，经过蒸制后，包子的馅料里有浓浓的酱香味，但吃着依旧清爽。

在我读初中后，家里的经济条件有了改善，我手中时不时有一点零花钱，虽然不多，但偶尔也能买几个包子尝尝，谈不上大快朵颐，但也有吃得心满意足的时候。

　　我十三岁搬离染淀街不久，南门大桥这家包子铺也搬迁了，具体搬到了何处我不得而知。几乎同时，南大包也销声匿迹，至少后来我在市面上并未再遇见过，芙蓉大包同样也伴随芙蓉餐厅的倒闭消失不见。

　　吃不到这三家的包子，对我来说似乎是个遗憾，但我对包子的喜爱却并未因此断绝。伴随自己在城市中活动范围的扩大，更多的包子铺进入了我的觅食视线。当年三医院附近有一家猪皮包子，就让我印象深刻，这家包子铺将猪皮切碎熬制后做馅料，胶原蛋白丰富，汤汁浓郁，食之回味无穷。

　　赫赫有名的十二桥包子，我在后来也常去光顾，十二桥包子的馅料是半生半熟混合后包制而成，吃在口里，既有浓郁的鲜香，也有丰富的味觉层次。直到今天，我的早餐都常在这家店里解决。

　　除此之外，还有商业街的海味大包、痣胡子的小笼包，都让我欲罢不能。这些包子更具有成都的地方特色，较之北方，这几家店将这种传统的美食做得更为精致，说起来是寻常饮食，但吃起来却往往有大餐之感。

　　提到成都的包子，还不得不说著名老字号韩包子，我的老师徐无闻先生，在1991年还为韩包子撰写过店招和门口的长联，时不时从门口经过时，我都会停下，去买两个垫垫肚子或者充当第二天的早点。

　　成都市有名的包子铺我几乎吃了个遍，几十年下来，有的包子铺关了，但在同时又有更多新的包子铺开张，来来去去，除了满足我的口腹之欲外，大约这还是我心底记忆与情感的一部分吧。

2019年春节于成都

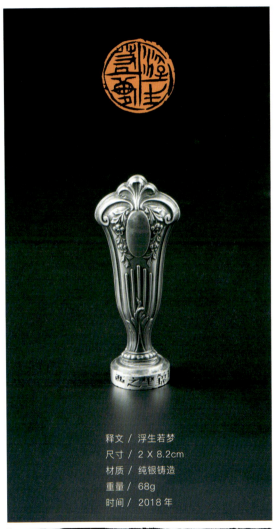

释文 / 浮生若梦
尺寸 / 2 X 8.2cm
材质 / 纯银铸造
重量 / 68g
时间 / 2018 年

一件小事

鲁迅在《呐喊》里有篇文章《一件小事》，这篇文章在几十年前是中学语文课本里的必修篇目，我小时候也学过。

今天来看，这篇文章似乎有点"矫情"，但我想，这应该是鲁迅先生真实情感的反映。在文字里，情感是最难描述的。那些打动人心，让人记忆深刻的，也往往不会是宏大的家国春秋，而是这些在生活中，随处可见的小事。

一件小事，可以被记很多年，甚或成为心底最柔软的部分。我想在这篇文字里讲的，也是这样一件小事，这件小事，我记了将近四十年。

20世纪70年代末，我读小学二年级，那时我刚从西昌回成都两三年，还没有完全适应城市生活，加之家里条件不算太好，所以在很多时候我和同学都显得有些格格不入。

那年春天，学校组织了前往杜甫草堂的春游。春游要持续一天，学校要求每个学生要么带饭，要么带钱，用以解决春游的午餐。

家里大人实在拿不出多余的钱来了，便在头天给我买了一个锅盔，权当第二天的午餐，对付一下，其实也能过去，只是在那个刚吃饱饭的岁月，大人低估了食物对孩子的诱惑。

我拿着这个锅盔，一会掰下来一块，一会掰下来一块，还没走到草堂

释文 / 超然远览见渊然深识
尺寸 / 2.6 X 2.6 X 2.8cm
材质 / 24K 纯金铸造
重量 / 217.65g
时间 / 2019 年

便已吃得干干净净。

　　等到中午，同学们都开始吃东西了，我却两手空空，身上也没钱，只能干饿着。那时，草堂门口有卖面的，一碗素面只要八分钱，可就这样，我也拿不出来。

　　碍于面子，我也没去和同学、老师说，但那种窘迫的景况想来是人皆可见的。或许因为我存在感太低，又或许大家都关注着自己手中的食物，没有人来搭理我。

　　唯有同班的一位女同学注意到了我的囧相。她将我叫到一边，悄声问我："你是不是没钱？要不我借给你，你去买面吧。"可那会儿，其一我没有零花钱还，其二也不想在女同学面前落了脸，便对她说"不用，我不饿"。

　　今天我依然记得起当时的失落与倔强。这位女同学看我坚持不借钱，便从衣兜里掏出一盒饼干给我，说"这是我多准备的，你拿去尝尝吧"，说完便将这盒饼干塞给我，转身离去。

　　等到她走远，我才撕开包装，拿出饼干。这是一盒威化饼干，当然那时我还不知道这个名词，这是我生平第一次见到，也是第一次吃威化饼干。

　　在锅盔都没法敞开吃的年月，这样一盒威化饼干，给我带来了不小的冲击。

　　三口两口吃完，肚中的饥饿感少了很多，饼干的味道一直在口中盘桓。时至今日，我都还比较偏爱威化饼干，当然，并不会经常买，只是但

凡见到，总会在心底荡起些许波澜。

那之后，我便格外关注这位同学，但交集一直不多。等到后来分班，我们没能再成为同学，而上到初中后，再没了她的消息，我们也没有再见过面。不得不说，这是一个遗憾。

此后的四十年里，我偶尔会想起这件小事，想起那盒威化饼干。感谢在那样的时日，有这样一位女同学，曾经温暖过我。

2019年春节于浣花溪

释文 / 日历宜子孙
尺寸 / 2.6 X 2.6 X 2.6cm
材质 / 纯银铸造
重量 / 108.7g
时间 / 2018 年

不曾送你，愿能接你

"你走，我不送你。你回来，不管狂风暴雨我都会去接你。"

这是梁实秋散文《送行》里的最末一句。

这个句子温婉凄凉，又有些倔强。大底，在人的生命中，尤其是年少时，多少也有这样的时刻吧。

曾经，有个我不知名姓的人在我生命中出现过，她走时我没有送成。三十多年后，也没见她回来。我想，如果某天她回来，不管风雨，我都会去接她吧，哪怕这时，我们都已不再年少。

一

1982年，我十三岁，那年我父母回城，结束了他们十余年的农村生活。我也告别了万里桥边的祖父家，随父母搬到了人民南路。

那时的人民南路，还是一条不太宽阔的街道，但在路两边，已经建起了楼房，新时代朝气，在这里显露无遗。在这里，我开始了自己的中学生活。

从这里到我就读的中学，需要赶一趟公交车，大约需要二十分钟时间，每天往返四次。也就是说，每天在公交车上，我差不多要花一个半小时的时间。

释文 / 生活在别处

尺寸 / 2.4 X 2.4 X 2.5cm

材质 / 纯银铸造

重量 / 95.2g

时间 / 2019 年

每天，伴随着公交车在逼仄的街道上摇晃，总让人昏昏欲睡，车厢里穿梭的人流，就像画片一样在我眼前闪过，这无聊而漫长的车程，直到我在车上见到了她，这个我至今为止，仍不知姓名的人。

那年我上初中二年级，不知怎的，我在车上一眼就看见了她。两条乌黑油亮的发辫垂过肩头，眼眸深邃，虽然穿着不太合身的花布衣服，却也难掩她身段的窈窕。

那一刻，我的心仿佛被什么东西击中了，在那一瞬间，呼吸似乎都变急促了，脸仿佛变得通红，想看却又不敢看，心如鹿撞。到了学校门口，我下车了，她也在这一站下车，远远地隔着站台，我看她登上另一路公交车，心中怅然若失。

此后，我几乎每天都能在公交车上见到她，每天两次，偶尔放学时也能在公交车上遇到，但我们从未搭过话。

在20世纪80年代初，虽然社会的风气已经变得开放，但"早恋"总归还是个禁忌。少男少女之间的接触，总是隔着朦朦胧胧的轻纱，没有人会主动撩开，那种懵懂而羞怯的心动，不知是多少人心底最深的回忆。

见面的次数多了，她的影子就像刻在我心底了，总是挥之不去。每天若不能见到她，就仿佛缺了什么一样。

那个时代的男孩，总归还是要比女孩大胆一些，虽然我始终没有鼓起勇气上前搭话，但也曾跟随她一路前行，打探到她在哪住家、在哪读书。

她的家，原来和我就一条马路之隔，她和我没在一所中学就读——每趟车程要比我远四站路。

从人民南路到她所在的中学，需要换乘一路公交车，虽然也可以在我下车的地方转乘，但最方便的，其实是在另一站转乘。

　　每天，我们都不曾错过，总会在车上相会。直到后来我才想明白，原来，不止我每天在等待，她其实也在等我。

　　若是在车站上没有见到，我们彼此总会再等下一班。虽然依旧未搭话，但却仿佛形成了默契一样，总要见到才会心安。

二

　　就这样，我们同车了差不多一年时间。每天的上学路上，因为能见到她，曾经枯燥的车程，变作了我心底最深切的期待，搭乘公交车的时间，也成了每天都要进行的盘算。

　　少年的心思，总是单纯而羞怯的。我后来想，如果当年我鼓起勇气上前搭话，那此后的人生会不会就与今天不一样？

　　1984年夏天，我初中毕业了。在等待开学的日子里，每天无事闲坐在家。

　　那是一个炎热得有些让人燥闷的夏天，树上的知了每天鸣叫不停，我没有作业，除了每天动刀刻刻印章，几乎完全找不到打发时间的事情。

　　心里也在担忧，开学就要换地方了，不知在公交车上还能不能见到她，如果见不到，那又该怎样？

　　所谓少年心事，大约便是如此。那是一种不可描摹，却又深入骨髓的情愫，是当情感萌生而又没有应对之策时的仓皇与无措。

　　暑假，就这样在我一天天的烦闷和担忧中度过了。

　　当临近9月的一天，我在早晨出门倒垃圾。那时，生活垃圾不像今天这样有规范处理，素质高的人会多走几步扔到垃圾桶里，不太经意的人，甚至直接把垃圾扔在大街上。

我穿着一条短裤，赤裸着上身，睡眼惺忪地走出了家门。

这时，突然看见了她的身影，在那一刻，她也看见我。四目对视，我竟有说不出的惶恐。赤裸上身，拖鞋短裤的形象，让我感觉极不好意思，毕竟从来我都是想将自己最光鲜的一面展露给她。于是我立马扔下了手中的垃圾，快步奔去。回到家里，心还怦怦跳个不停。

我从未想过，这竟是我和她的最后一次会面。

这个不耐烦的夏天，竟也在转瞬间结束了。公交站台上也再没见到她的身影。

终于有一天，我鼓起勇气，去到了她家所在的院子，一打听，才知道原来就在那个夏天，她已经搬家了，至于搬去何处，邻居也无从知晓。

听到这个消息时，我怅然若失，也是到这时，我才恍然大悟，原来那天她来到我家门前，或者就是向我道别的。

日子，总是经过不经想，三十多年的人生，要说过，其实是挺漫长的一段岁月，而回想起来，这一切却都仿佛还在昨天。

我依旧记得那两条羊角辫，依旧记得那双目光深邃的眼睛，依旧记得我们四目对视时，那有些仓皇的手足无措。

三十多年前，她走时我没有去送。如果某天，她回来，我想不论风雨，我都会去迎接吧。不知我们再四目相对时，会不会依旧腼腆，其实那份羞怯，正是对年少时纯真情感的最好纪念。

2019年春节于浣花溪

释文 / 白云千里万里

尺寸 / 2.7 X 2.7 X 2.6cm

材质 / 纯银铸造

重量 / 127.3g

时间 / 2019 年

一无所有

对于中国人而言，"现代化"是一个既具象，又陌生的词。

今天，无论从哪一方面来说，中国都是当仁不让的现代化国家，很多领域都在全球领跑。而在20世纪90年代初之前，大多数人却并不具备对现代社会的具象概念。很多我们今天习以为常的生活方式，日常使用的生活物品，在那时就是天方夜谭，不要说见到，甚至想都不会往那想。

无疑，现代化的过程，在中国是以加速进行的，这种进步来得那样突然，直到人们都习以为常，觉得生活本该如此时，才会在某个时刻惊觉，原来这一切在我们生活中出现的时间都还很短，短到还清晰记得，当我们第一次接触这些"现代"文明时的惊愕。

我真切地感受到现代化，也是在这个时间。只是多了一点戏谑，这种戏谑是20世纪80年代末90年代初社会的真实写照。社会在高速发展，几乎所有的行为都具有无限的可能，有些在今天看来甚至有些荒诞的故事，在当时却引领着风潮。

我和"现代"最初的相逢，是在深圳。

今天，深圳和内地的距离已经被无限缩短了。哪里都有鳞次栉比的高楼，哪里都是繁华的街道，很多街区仿佛一个模子倒出来一样。但在20世纪80年代末90年代初，当全社会都还在为"姓社姓资"争论，经济体制改革还刚刚起步时，深圳却是当仁不让的领头羊。这里代表着当时中国最先进的文化，最繁荣的经济，是一个孕育着希望与梦想的地方。

也正是在此时，我来到了这座城市，在这里做着羊肉串的小买卖，通过这场小买卖，我见识了这个城市的繁华，这一切在此后的几十年里，依旧深深影响着我。

一

1989年岁末，成都市灯会展览办公室决定在深圳筹办1990年春节期间的灯会展览，地点放在了深圳的香蜜湖度假村。

此时的深圳，作为特区已经整整十年，经济发展速度远超内地，加之又是一个年轻化程度极高的城市，各种新的生活方式、理念在这里都易于为人接受，整个城市充满了活力。至少在物质文明上，远远地走在了大部分内地城市的前面。

历来成都的灯会都闻名全国，在"休闲"这个概念打响前，算是成都最显著的城市标签之一。这时的成都，除了西南首府和文化古城外，能带给人们的概念还不多。

成都大规模的城市建设还没有展开，间或有一些高楼都被低矮的平房环绕着。当时号称"西部第一高楼"的蜀都大厦，在此时也都还没有建成，但这并不妨碍人们从工地路过时驻足观看一番，眼神里充满着对这座高楼的企盼和向往。只是很多人不知道，此时中国的第一高楼——深圳国贸大厦，已经落成四年，而且在高度上，差不多要超过蜀都大厦六十米

——整整二十层。

对当时的成都市政府而言，在深圳香蜜湖度假村举办的这场灯会，既是成都走向外部世界的一场推广，同样也是通过文化拉动经济的一次尝试，于是在灯会展场外还设立了很多摊位，用以出租。

我的一位朋友在灯展办工作，得知了这个消息，便邀我前去租个摊位为人篆刻印章。恰逢此时我也赋闲在家，没有太多的思索，便决定前往深圳。

1989年11月，我登上了南下的列车。对我来说，这不是一段轻松的旅程，那时成都到深圳的火车要行驶两天一夜，四十多个小时。卧铺票也极其难买，我大包小包地带了很多东西，只有蜷缩在硬座上，车厢里挤得满满当当，大多是前往南方务工、淘金的人，鱼龙混杂。而且总有莫可名状的气味在车厢里弥漫，让人昏昏欲睡，但对深圳的向往，对未来的企盼始终在我心底盘旋。于是，这种旅程的艰苦在我看来也不算什么了。

二

香蜜湖度假村在当时是深圳最有名的旅游景点之一，灯会的展场就在香蜜湖度假村的中央，我们的摊位就在度假村的外围一线。

刻章的摊子支起来容易，可光顾的买主却寥寥无几。我到深圳一个月，几乎就没做过生意。首先源于地方选得不太合适，周边全是卖小食品的摊点，就我一个刻印的在那儿，怎么看怎么不协调，其次则是当时篆刻的普及程度远不及今天，人们对印章的认识还没有上升到艺术层

释文 / 八千里路云和月
尺寸 / 2.5 X 2.5 X 2.7cm
材质 / 纯银铸造
重量 / 76.8g
时间 / 2018 年

面，总觉得花几十元刻一方石章，远不如去大街上找个刊刻社，几块钱刻一方塑料的。

时间一天天溜走，我从家里带来的不多的钱快要花完了，而下个月的摊位费都还没有着落，焦躁的情绪在心里漫延，甚至有时在想，要不打包回家算了，但又总有些不甘，既然来了，就这样灰溜溜回去，确实也不愿。

正当我一筹莫展之际，在灯会展场上结识的一位来自双流的朋友给我出了个主意，他童年时在西北待过，有一手做拉面的手艺，他对我说，要不我们开个拉面馆吧。

当时的拉面馆还不像今天这样遍布大街小巷，至少对我来说是个新鲜玩意儿。想着周边摊点都是卖吃食的，开个拉面馆也算应景，于是我便改弦更张，关掉了刻印铺，开始售卖起了拉面。

拉面馆的生意，比刻印好一点，但也只好那么一点。一天下来，可能有一两个买主，但这些收入不说盈利了，甚至还确保不了铺子上两个人的花销，连饭钱都不够。看来做这个决定，还是有些仓促了。

此时，大西北的拉面还没有在全国开花，广东人又历来吃得精细，总觉得这种手拉的面食不卫生，口味也不习惯，于是顾客寥寥。有时倒是有些外国游客饶有兴趣地观看一番，看完还要给一百元小费，但他们却是不吃的。全然把拉面当成了一种民俗表演，让人哭笑不得。

又过了一个多月，拉面馆也实在开不走了，所有人都灰心丧气，此时距离崩溃，也就是一步之遥。与拉面馆的门可罗雀相对，是我们摊位附近有一家卖羊肉串的，每天人山人海，生意火爆。最后我和朋友商量要不我们也卖羊肉串吧。

决定做下来，这家店面第三次换了经营对象。所谓一波三折，大约便是如此吧。

开卖羊肉串了，生意火爆得谁都料想不到，每天门口都会排着长龙，而且利润非常可观。当时成都的羊肉串大约一毛钱一串，在这里可以卖到一块。两者的成本差不多，甚至深圳的成本更低一些。每天我们都哗哗地数着现金，真有一夜暴富的感觉，乃至我都有种错觉，感觉就这样卖一辈子羊肉串也不错。

虽然赚钱，但卖羊肉串的辛苦也是实打实的。每天的采买、烤制，为摊点上的顾客提供服务，都劳心劳力，摊子上就那么两三个人，几个月下来，我的一双鞋也生生地磨穿了，每天收工后累得一句话都不想说，倒在床上，片刻就能入睡。

那时赚到钱了，并不舍得用，香蜜湖给我们提供的床位，一晚上两块钱，从来舍不得去睡，就在摊上支起一张行军床，有时候甚至打地铺，钱被紧紧地攥在手里。

三

其实，也不能说不舍得花钱，或者说不愿意把钱就那样用出去更恰当，总感觉这些钱在身上还有更大的用处。

手上宽松了，我也常在深圳市区里去走走，在深圳市区里所见到的一切，还是带给了我不小的冲击。

20世纪八九十年代的成都，是新老交替之间的城市，此时中国大多数城市也都是如此。城市的环线道路并没有建好，农田星罗棋布在城市间。城市里虽有高楼，但更多是几十年前的平房。外部的信息时刻在浸入这个城市，但人们对此的反应不一，年轻人所追求向往的，在老人看来往往有些离经叛道。不管是穿喇叭裤，还是戴蛤蟆镜，几乎都会被贴上"二流子"的标签。

而深圳不一样，深圳城市很新，几乎没有老城改造的压力，城市规划也合理很多，随处可见高楼，宽阔的马路。

城乡分隔在这里很明显，最潮最新的信息，总是第一时间进入这个城市，在内地被视为奇装异服的穿着，在这里却是可以被广泛接受的打扮。市区里可以看见大量的本田250摩托，要知道那时在成都，即便一辆145摩托，都是稀罕物。人们用以代步的，基本还是自行车。

那时，我常在深圳的老街区看看名牌。深圳老街是在特区设立之前就有的街道，本质上和成都的青年路服装市场差不多，但所售卖的商品却大有不同。当成都青年路还在卖那些从广州淘回去的旧款服装时，深圳老街已经挂出了时下世界上最流行的款式，有些甚至直接是从香港走私而来。

穿着打扮虽是小道，但这种对比和反差，还是让我觉得有些惊奇，毕竟在当时，内地的人们还以工装为荣，而这里的人们已经开始了各式各样的打扮。男士穿着T恤，POLO衫，牛仔裤。女士则有长短款式不一的裙装，烫着大波浪。这种视觉上的反差最是直观，也最能打动年轻人的心。

深圳最高的楼国贸大厦也常吸引我驻足，这里部分楼层是当时国内首屈一指的商场，其实也就是今天的城市综合体，但当时没有体验过这种购物方式，更没见过售卖的这些品牌——大量是进口产品。总觉得在新奇之外还透着一股洋气劲。而国贸的顶楼是一家旋转餐厅，后来不少影视剧在这里取景。此前我只在影视剧中看过旋转餐厅，体验后恍惚中会觉得，自己已经摆脱了"土"的标签，沾了点"洋"气。

这种落差，其实也正是对现代文明向往的体现。

作为一个倒土不洋的年轻人，在这里估计也闹了不少笑话，只是当时我不自知而已。

　　我在深圳大街上去理发，进了一家发廊，理发师叫我躺着洗头，我还满心疑惑，问人家："这能洗干净吗？"却没有想到，在三五年后，在成都也只有乡间的理发店才坐着洗头了。

　　当时，深圳的城市活力远超成都，整个城市是一种朝气蓬勃的状态，而且市民的娱乐生活也比内地城市丰富得多。各种国内外的新鲜玩意，在这里都看得到。那时，成都歌厅之类的场所还有些遮遮掩掩，但在深圳却已经是民众日常光顾的去处。逛商场、看电影、喝咖啡，这些我们只在电影电视剧中看见的场景，在深圳已是生活的常态。

　　这种对比在今天看来是有些怪诞的，但在当时却是很真实的写照，特区的这种示范与带动意义，或许也正是中国此后几十年社会文化和经济发展的动力之一。

　　在当时，从广州到深圳有一班旅游列车，这和我们平时乘坐的绿皮车不太一样，更像今天动车的车厢配置与服务标准。每天这列班车要开行数趟。在中午十二点那趟上，要售卖号称当时"中国最贵"的盒饭——一份要三十元。这几乎是内地普通民众小半个月的工资了。

　　在刚到深圳不久，我就听闻了这个"传说"，一直想去见识见识，但苦于手中无钱，直到羊肉串的生意火起来，才得以达成这个愿望。当我登上这列火车，从乘务员手中买到盒饭时，真有愿望达成的满足感。

　　这份盒饭分量不少，除了米饭与配菜外，在上面还有大大的一个鸡腿，这个鸡腿在当时给我带来了巨大的冲击和满足感，让我真实体会到了

释文 / 此去经年
尺寸 / 2.5 X 2.55 X 9.78cm
材质 / 青田封门
时间 / 2018 年

物质丰盈生活的优越。鸡腿的味道我已经不记得了，想来也不会有太过出奇的地方，至今对此印象深刻，归根到底还是因为心理层面的满足。

天下没有不散的筵席，在深圳待了差不多半年后，灯会要撤展了。虽然还可以留在那里继续租赁摊位，但没有灯会的引流，加之很多熟人同乡也都决定撤场，我也决定将羊肉串的生意停下，回成都了。

临行前，我又一次前往国贸大厦，除了给家人朋友带些东西之外，自己也想添置些衣物，有点衣锦还乡那意思。

来深圳时，我大包小包，回成都时也同样大包小包，只是穿着打扮完全不一样了。脚上是迪亚多纳（DIADORA）的休闲鞋，身上是J牌牛仔裤，这身打扮在今天看来难免有点老土，但在当时却是最时髦的装扮。

于是，当我穿着这身回家时，感觉空气似乎都有些轻飘了起来。我在深圳还采购了一些电器，当分发完带给亲朋的礼物，我身上其实也没剩多少钱了。空手去的深圳，回来还是空手。

在我到家的第二天，正逢崔健在隔壁的省体育馆举办他的个人演唱会，我用身上剩下的所有的钱买了一张内场的票。

台上崔健在嘶吼"我曾经问个不休，你何时跟我走，可你却总是笑我，一无所有"，我在台下，看着他，跟着一起大声唱。他在唱20世纪80年代所有青年的心声，似乎那也是属于我的最美好时光。即便在那时，我也正如歌里唱的——一无所有。

2018年11月于浣花溪

从武侯祠到杜甫草堂

从五岁半到十三岁，我一直随祖父、祖母住在染淀街102号。这是一条在今天的成都地图上找不到的街道——在20世纪90年代的城市改造中，它彻底成为一个历史名词了。

但在我的生命中，却是在这条街道上理解了成都这个城市的文脉，在这里建立起了我对文化的认知，甚至可以说我在后来从事艺术，也与在此生活的岁月密不可分。

在经历过城市改造后，在染淀街的原址，建起了"万里号"。今天看来，这座建筑有点不合时宜，夸张的造型与太过独特的立意，让其与周边建筑格格不入。但在20世纪90年代，这里却是成都潮流的原点，高昂的船头，也是那时社会高速发展与相对无序的真实写照。

万里号作为城市的潮流原点，也如一千八百多年前的万里桥。当年在万里桥头，诸葛亮送费祎出使东吴，费祎感叹道"万里之行，始于此桥"。由此，便给成都留下注解，写成了此后一千八百多年的断章。

从万里桥头往西不远，便是武侯祠。那时武侯祠已经被开辟成公园，进去要收门票，但在周边的孩童中间，却流传着关于武侯祠围墙的秘密。孩子们总能找到哪边围墙有些空隙，从中钻进去，便可在武侯祠中免费畅游一番。

　　从万里桥头去武侯祠，有两条路，都是顺着河边前行。一条路是在凉水井街拐弯，另一条路则穿过杀牛巷。农耕文明之下的城市布局总会出奇的相似，在中国很多城市都有"凉水井""杀牛"等街道名，这些街名就是对农耕文明最直观的映射。

　　武侯祠里的故事，最能吸引少年心性。逛得多了，三国蜀汉名将的故事，我也是信手拈来。有时还会畅想一番，若是我在那个年代，会不会也是驰骋沙场的战将。大约每个孩童心中，在懵懂时，都会对这些热血男儿的故事情有独钟吧。

　　许多年过去，武侯祠的松柏依旧，但围墙已经钻不进去了，门口的街道也换了模样。远离了生活的武侯祠，更具有博物馆的意味，这里不再是供人凭吊的场所，而是对于成都以及四川历史的记录。

　　小时候，我看不太懂武侯祠的众多楹联，成年后再去，细细品读之下，虽没有了幼年时的亲切，但韵味更见悠长。

　　今天，"万里号"所在的位置是毋庸置疑的城市中心，但在当年还属于城外。就连去趟春熙路，对我们而言都算进城，杜甫同样"遥不可及"。

　　去杜甫草堂，要先跨过府南河。当年过河的通道，位于今天彩虹桥处，那时这里还是一座浮桥，数十艘乌篷船在河面上一字排开，中间用绳索串联起来。

　　走在桥上，晃晃悠悠，颇有些水乡意趣。经过日久，谁都没有把这当回事，总觉得这座浮桥本来就该在此处。许久之后的某一天，才忽然发觉，这座浮桥已经不在了，在原址上建起了吊桥。

释文 / 草堂岁月
尺寸 / 2.5 X 2.5 X 1.2cm
材质 / 芙蓉石
时间 / 2018 年
成都杜甫草堂博物馆收藏

去杜甫草堂，还需要经过浮桥西边的一座垃圾站，当年这是成都市最大的垃圾站。一座城市的生活垃圾都堆放在此处。冬日里经过尚不觉得如何，夏天则不啻是一种折磨。漫天的蚊蝇，迎面而来的臭气，直让人呼吸都要停顿。

在经历过城市改造后，垃圾站自然已无踪影，现在那里建成了高楼，面貌焕然一新。时代在进步，城市的面积也不断扩大，经济高度发展，生活节奏也越来越快。有时几十年的时光在一个点重叠，却总让我莫名哀伤，今天的生活比过去好了不知多少，但那种孩童时的淡然与愉悦，却似乎荡然无存。

对孩童而言，当年的草堂是个捉迷藏、做游戏的好去处。植物掩映之下的建筑，易于藏身，阳光透过树梢洒下的斑驳，也成了童年记忆里迷人的音符。

当年我是不懂杜甫的，即便

草堂实景图

在课本上读到《茅屋为秋风所破歌》，也很难将其与草堂联系起来，总感觉那是在别处。又或者这真是在别处，毕竟杜甫与今天，已经隔了一千多年，沧海桑田的变迁，早已将人换了容颜。

十二三岁以后，相较武侯祠，草堂我去得更多。那些陈列出来的艺术品总在深深吸引着我，我曾不止一次在前人的书作、画作前徘徊揣摩，总想把握住那偶然从心头划过的灵光。

草堂，对于杜甫来说，是容身的处所，对我而言，却是心灵的归属之地。这里的历史更平易，这里的建筑、景观也更具风情。时至今日，我也都还爱在草堂中行走，感觉在这里，我总能寻找到宁静。

再后来，草堂变成了我生命中很重要的处所，我的作品有幸被草堂博物馆收藏；我也多次在草堂举办展览等文化活动。杜甫带给成都这座城市的文脉，在我们这一代人身上以另一种方式投射了出来。

武侯祠和杜甫草堂，是我童年时候在城市中的两个节点，冥冥中似乎这两个节点也预示了我此后的人生。

今天，开着车在城市中穿行，以前觉得遥不可及的距离，在陡然间变成了一脚油门。这种距离的弱化，让生活更为便捷，可那种情感的偏移，却始终让我有些怅然。

武侯祠里松柏依旧，草堂里红墙茅屋依旧，但在墙外，整个城市却在数十年间发生了极大的变化。站在草堂与武侯祠里来审视这座城市的历史，更能感受到时代发展带给我们自身的变化。不能说物是人非，但总与当年不同，唯一相似的，大约便是我对成都这座城市的爱吧。

2019年元旦于浣花溪

释文 / 饮中八仙
尺寸 / 3 X 3 X 4.5cm
材质 / 芙蓉石
时间 / 2018 年
成都杜甫草堂博物馆收藏

释文 / 长安沉吟
尺寸 / 3 X 3 X 4cm
材质 / 芙蓉石
时间 / 2018 年
成都杜甫草堂博物馆收藏

释文 / 远送从此别　青山空复情

尺寸 / 4.5 X 4.5 X 12cm

材质 / 青田封门

时间 / 2017 年

成都杜甫草堂博物馆收藏

释文 / 洞庭余响
尺寸 / 2.8 X 2.8 X 2.8cm
材质 / 芙蓉石
时间 / 2018 年
成都杜甫草堂博物馆收藏

终究是一场错过

金庸的江湖

2018年10月的最后一天，我从新闻上看到了金庸的死讯。在这之前，我可能有十年没有想起过他，十多年没有听说过他的消息。

在我印象中，金庸在媒体上掀起的最后一场波澜，是20世纪90年代末，他被王朔狠狠地骂了一通。但当时我也没怎么关注，因为那会儿，我已经不再读他的书了。

到2004、2005年，我还断断续续能在电视报刊上看到他，依稀记得他被聘为浙江大学的名誉教授，好像还参加过互联网大会。再之后，便没见他出现。

在刚看到他去世的新闻时，我愣了愣神。说不好那是什么样的感受，按理说他已经九十四岁高龄，生老病死皆是常态。可在情感上，还是有些抗拒。毕竟，在我的成长中，他的书还是陪伴我度过了很长一段时光，不敢说影响至深，但却是我青少年时的一种情感寄托。

一

我第一次读金庸，距今已有三十多年。那时，在我身边还没有什么"武侠小说"的概念。日常读物，翻来覆去就那么几本，虽然精彩，但读过多次后也觉得乏味。

在我小学毕业之际，一天我从家门口的菜市场经过。卖菜的菜贩租了一本金庸的《鹿鼎记》在摊旁津津有味地读着。我只看到了书的封面，顿时便觉得有些意思，那与当时所有书的封面都不一样，雪白的封皮上，只印着金庸题写的书名，几个黝黑的大字。

接过这本书，打开扉页，见到里面有一方印章，更是引起了我的兴趣。

这是清代陈豫钟所刻的一方白文印章"最爱热肠人"。那时我已经开始刻章，苦于找不到资料，但凡能看到的印章都不肯错过，于是我便借了这本书回去。

其时我对"武侠"根本没有任何概念，只是想看看印章。哪知回去翻开，却发现一个崭新的世界在我面前打开。这本书还是港版的竖排本，里面好多繁体字我都还认不完，连蒙带猜，倒也读得津津有味。

此前，所有我看过的小说里，主角

释文 / 江湖已远
尺寸 / 2.1 X 2.1 X 6.9cm
材质 / 青田封门
时间 / 2018 年

都是高大全的英雄，故事也都荡气回肠，怎么也没想过一个浑不懔的小流氓能成为一本书的主角。这种反差，深深地吸引了我。而且书中对男女之情的描写，让那时尚还懵懂的我，更是脸红心跳。这次我并没有读完整部《鹿鼎记》，但与金庸的这次"相逢"，在我心里埋下了一颗种子。

很多年后我才知道，金庸每本书的扉页上，都会选取一方前人的印章。既为装点，也用其概括一本书的精神主旨。

没过多久，各类武侠小说开始在学校中流行起来，几乎随时都有人在读。从同学手上，我借阅过一册《天龙八部》。书中构建的武侠世界，让我无比神往，从此我也就爱上了金庸的书。

那时这类书大家都买不起，一般从书摊上租。书摊老板往往还将一本书从中间撕开，裁成数册租给学生。我的不少零花钱也用在这上面。当时我并不知道金庸的书有多少，凡是署名金庸的，我都愿找来看看。后来才知道，这其中有不少冒名顶替之辈。

二

少年时读金庸，会看到侠义热肠，家国情怀，儿女情长。说茶饭不思夸张了点，但一拿到手却是非要读完不可。

在我的整个少年时期，金庸是一个绕不开的话题。我不敢说有多少世界观从他的书中得来，但至少在那时，他的书给了我不少正向力量。

我真正全面地读金庸，还是到20世纪90年代中期。今天除了各大书店，街面上几乎看不到卖书的店铺，但在20世纪90年代中期时，卖书却是全民盛事。几乎每条街上都有书摊，生意也都还不错。

20世纪90年代中期，我在书摊上看到了三联版的《金庸全集》。这是金庸第一次授权大陆出他的全集。这套书作价六百多元，当时一次买全对我来说还有些吃力，于是我便一次买几本，回去读完了再来买。用了差不多一年时间，才把这套书收齐。这也是我买的第一套武侠作品集。

后来，朋友将其中的几本借去，不慎丢失，我还专门将这些缺失的版本买回来补全。今天这套书依然在我的书架上，但多年没有翻阅，上面早已蒙尘。

2000年前后，金庸再度火爆了一下，这和大量翻拍的影视剧有关。张纪中拍的那几部金庸武侠剧，我大略看过几眼。导演、演员都不错，可总觉得和书里所展露出来的形象有不小距离。还真是没有看小说原著来得有味道。

我忘记金庸很久了。就连那套书也只是书架上的一个装点，我至少十年没有翻阅过。可在看到他去世的新闻后，这些记忆在一瞬间都浮上心头。

金庸的去世，是一个时代的结束，其实属于他的时代早就结束了。他的死更像是一场告别的仪式。我心中有点感慨，这是对一代"武侠宗师"逝世的遗憾，也是对自己青春的缅怀。

2018年11月初于浣花溪

释文 / 退出江湖半步

尺寸 / 2.5 X 2.5 X 2.6cm

材质 / 纯银铸造

重量 / 99.8g

时间 / 2018 年

错过的瞬间与天上的月光

现当代文学，我读过的不多，但只要读过的，无一例外都印象深刻。

很难说这些文学作品给我带来了什么，但又不能说这些文学作品没有影响我。

对我来说，把阅读的过程拆分成两段会比较合适。在青少年时代，当我阅读这些文学作品时，我可能只是在感受文字的魅力，欣赏一个故事，更只是打发时间。而多年后，当我回想起这些文字所描绘的内容时，才是我自身的理解与感受。

在当代作家里，我最喜欢余华和王小波。余华用冷峻的笔触，描述着一个个让人有些心塞的故事，但其中又不乏温暖与希望。王小波则用看似玩世不恭的态度，戏谑的语调，讲述着世界的真实。

这或许代表着我们所面临的世界与值得肯定的人生态度吧。当这些思绪在心底沉淀，逐渐发酵时，我们也在逐渐成长。这些东西，最终成为滋养我们生命的养料。

时隔多年，我已经记不清余华与王小波书中的细节，只记得那些故事的梗概。不过有些句子，却一直盘旋于心间。这些句子，要么是我生命中所经历的景象，要么便是与某个时刻的情感分外贴切，让我感同身受。

我记得余华在《活着》一书中，有这样的一句描写"月光照在路上，像是撒满了盐"。多年前，我在电视上看过余华的一个专访，他也专门提到过这句，他说"撒"和"盐"都是他沉思很久后想到的词。很多人对此不太理解，但当真看到月光铺满地面时，又都格外赞同他这句话。

我比别人更早一点理解这两个词，只是我一直没有办法形容出来。直到读到余华的这个句子，我才找到了最合适的语言。

我出生在西昌，还是婴孩时，就被大人抱着在田野间奔走。那时大约是1972、1973年，人们的娱乐生活十分匮乏，偶有电影放映，便成了所有人都向往的盛事。为了一场"坝坝电影"行走十余里山路，实在是家常便饭。

对于幼年的很多事情，我都记不起来了，唯有还记得随同大人前去看"坝坝电影"的事情。等到电影放映完，往往都是深夜，我也要跟随大人走十余里山路回到住处。

释文 / 生来彷徨斋
尺寸 / 2.55 X 2.55 X 2.8cm
材质 / 纯银铸造
重量 / 96.7g
时间 / 2018 年

在有月亮的夜晚，那铺满地上的银色月光，不就如同盐撒在地上一样吗？

在当年，我读到余华的这个句子时，幼年时走山路的场景便一下浮现在我脑海之中，盘旋至今。

后来，张艺谋把《活着》拍成了电影，福贵的命运没有书里描写的那样凄惨，虽然不是大团圆的结局，但也算有个过得去的晚年。我觉得，这部电影要比书来得更亲切一点。活着，向往美好，应该是所有人心底共同的愿望吧。

比余华、王小波更早，我还读过《红岩》《暴风骤雨》等，但可能因为这些作品承载了太多关于时代的具象，过了那个时代，这些故事便不再具有打动我的力量，遂逐渐消散。

更早一点的作家里，我比较钟爱钱锺书的《围城》。按照文学史来划分，这部小说应该算是"现代"而非"当代"了。毕竟描述的是民国旧事。

这部小说，今天回想起来，其实就是流水账，没有大的冲突、矛盾，也没有波澜壮阔和激荡人心。有的只是一个知识分子和他身边的人，在乱世里几年内的平常生活。但钱锺书用精妙的笔法，深刻的幽默的表达让这个故事有了很多可看的地方。又或者，正因为这种平淡和朴实，更接近于我们一般人的生活，才分外打动人心。

方鸿渐的故事，几乎是个"失败者"的侧写。但这种失败又是相对的，在知识分子里，他可能不算翘楚，但也并非纯粹的草包。学术可能不太过关，但也有一点学问。加之还有不太显露的气节、梦想、追求，从这些方面来说，似乎他又是完整的，至少比那个时代大多麻木的人要好太多。

只是方鸿渐虽然有梦想与追求，但并无承担的能力。抗争一下，抗不过就随波逐流。在某个时刻，心底触动了某些东西，再抗争一下，无果之后继续随波逐流。

其实大多数人的生活，也是如此。只是没有回顾过，或者说没有能力用精妙的故事把这种经历与心路变化描绘出来。

这种"无可奈何"，是我多年后才有的感受。当年读《围城》时，似乎还看不到这一点。当年看围城，真正触及心灵的，是"错过"。那些不经意的交汇，如果持续下去，影响的可能就是此后的人生。又或者"错过"也并非当年的感受，只是对书里，关于这些情景有些扼腕而已。

我读《围城》时二十二岁，是无聊时的消遣。但大约那时读书是能沉浸其中的吧，加之钱锺书高妙的语言技巧，更让我深入沉浸其中。

书里，方鸿渐和唐晓芙无疾而终的爱情，是一系列"错过"的累积。一个转身，一点误解，便错失了一段姻缘。此后方鸿渐与孙柔嘉的婚姻，也是"随波逐流"凑在一起过日子而已，并没有太多幸福可言。

二十来岁，正是情感诉求最强的时候，看到这种描写难免不把自己代入其中。总在期待自己遇到唐晓芙，而并非不得不选择孙柔嘉。

故事，总归是故事，那些具象化的提炼，是我们生活的侧写。青少年时读的书，会在某一天于心底浮现，但于真实的人生而言，错过的总归已经错过，唯一不变的，可能只有那天上的月光。

2016年秋于锦里

释文 / 生欢喜心　得自在禅　欢喜

尺寸 / 2.5 X 2.5 X 2.9cm

　　　1.6 X 1.6 X 1.4cm

材质 / 24K 纯金金印

重量 / 182.71g

时间 / 2018 年

今天我们想要骂的，鲁迅先生早都骂过了

自从有了智能手机，我就没怎么看过报纸，电视在绝大多数时候也是个背景，虽然我回家就会打开，但只是听个声，有时连上面放的什么都不知道。

因为有了智能手机，和与其上的各路软件，人们表达意见更方便了，指点江山的人也渐渐多了起来。

经常见到某人去某地玩两天，就号称自己在游学；又或者一副治世能臣的模样，在怼天怼地怼空气，各路指指点点。

有时候我看这些，感觉有点荒唐好笑，能在面向公众的地方说几句话，怎么就真把自己当个人物了？又或者，这也是我的偏颇，毕竟人都有表达欲，说两句真也没什么。

只是在这信息爆炸的时代，有创见的东西还真不多。绝大多数都是陈词滥调，翻来覆去讲讲，又或者哗众取宠，挑拨情绪。

这些骂人的，指点江山的，绝大多数都算拾人牙慧，毕竟差不多九十年前，这些东西就已经被鲁迅骂过了。

我读鲁迅，是我二十七八岁时候的事情。在之前从未想过自己会去读他的书。毕竟在小学的课本上鲁迅就是常客，《一件小事》《从百草园到三味书屋》等文章，应该都学过。而一贯以来的宣传，又让我觉得他身上

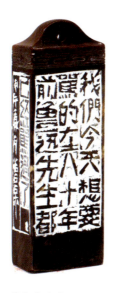

释文 / 呐喊
尺寸 / 1.4 X 2.2 X 6.7cm
材质 / 寿山杜陵石
时间 / 2013年
摘自 2014 年西泠印社出版社
《永远不说再见》

政治味道太重，天然就有些排斥。

那时，我处于半休闲状态，天天没什么事做，靠读书来打发时间。正好我一位朋友在成都体育学院图书馆工作，沾他的光，我能时不时进去找些书来看。

不晓得出于什么样的原因，某天我借阅了《鲁迅全集》，这才知晓鲁迅根本不是我曾经以为的样子，而他的洞见与深刻，到今天也并未过时。

这套《鲁迅全集》我后来并没有读完，只读了小说、戏剧、杂文（部分）几个部分。

我是从小说开始读这套全集的，毕竟最初目的只是打发时间，一读《故事新编》，看那些以前被讲过很多次的故事，用这样的叙述方式讲出来，顿时就引起了我的兴趣。差不多这也算那最早的改编吧，较之今天那些把传统经典搞得乱七八糟的作者，鲁迅确实高明了不知多少。

　　再然后，读了鲁迅的《呐喊》，十几部短篇小说，读起来很快，但读完却觉得冰凉。感觉他对人性、对国人有些心理的刻画，太深入了。

　　我看到过各类围观的人。有时，甚至是悲剧，但也挡不住有人来看看热闹。在事不关己时，义正词严，但却不挺身而出；等到关乎己身了，却又唯唯诺诺。每到这时，我就会想起鲁迅说的"看客"。

　　还有借别人悲剧，扯眼球谋私利的，这不正是鲁迅说的"人血馒头"吗？

　　《阿Q正传》里，那种自我麻痹、自我安慰的情节，在今天也不罕见。翻翻微信，绝对看得到很多这样的标题——"某某震惊了""某某吓尿了"。差不多一个世纪过去了，还是如此。每当我看到这些，也会想起鲁迅说孔乙己的那句话"哀其不幸，怒其不争"。

　　鲁迅的杂文，可能因为我脱离了他生活的环境和年代，对里面的有些内容理解不深。加之他的语言比较独特，略微有些障碍。读的时候也是一笔带过，很多都记不得全貌，只记得其中的部分。

　　印象深的，是他说的折中调和。

　　"中国人的性情是总喜欢折中调和的，譬如你说，这屋子太暗，须在这里开个天窗，大家一定不允许的。但如果你主张拆掉屋顶他们就来调和，愿意开窗了。"

　　这类事情我也遇见过太多。不一定在事情当时想得起他说的这些，但事后回想，不正是如此吗？

　　还有就是他对"强者""弱者"的论述，今天我们生活的时代，比之鲁迅生活的年代，肯定优越得多，但社会问题同样不少。时不时在媒

体上，就看到有报复社会的新闻出现。看到这些，总觉得痛心，也义气
难平。

当年鲁迅对此也说过，勇者愤怒，抽刃向更强者；怯者愤怒，却抽刃
向更弱者。不可救药的民族中，一定有许多英雄，专向孩子们瞪眼。这些
孱头们！孩子们在瞪眼中长大了，又向别的孩子们瞪眼，并且想：他们一
生都过在愤怒中。

这句话我记不全了，原文都是我在网上找来的。这十余年来，类似的
事情总归从媒体上看到很多起了吧。每次看到这些，这句话也总会从脑子
里冒出来，落在心底，咯噔一声。

鲁迅的深刻，超越了时代太多。一般人没法达到他那种高度，只能景
仰。况乎，大众的思想境界，也就是平平安安过小日子，而鲁迅却在剖析
民族性，想要用笔唤醒国人。

在我看来，一百个艺术家也不如一个鲁迅对社会的影响深刻。倒不是
自我鄙夷，而是那种深入人性的东西，也只有文字才能达到，而鲁迅至少
在当时，又是其中最深刻之人。

我在2014年，还刻过一方印章"呐喊"，边款难得地刻了朱文"我们
今天想要骂的，在八十年前鲁迅先生都已经骂过了"。

谈及鲁迅，并非我要说自己多深刻。只是感觉，差不多一个世纪过去
了，在很多方面，国人还是太浅薄。

2016年秋于锦里

春花秋月的哀愁

我刻过很多古诗词，但读过的古诗词并不多。除了少年时代课本上学的那些，剩下的，都是零敲碎打的阅读。不过有一位词人是例外，他的诗词我寻找来读了个遍，甚至连关于他的考据文章也读过不少。这位词人，便是南唐后主的李煜。

《南唐二主词》我前后翻阅不下十遍，不敢说倒背如流，却也能说里面的每首作品，我都很熟悉便是了。

说起来读完了李煜的作品，其实总体数量也不多，加上他父亲的词作，一本书下来也不过三十余首。这应该远不是他作品的全部，只是经历时间风烟，只留下这么多而已。对稍微懂点历史和古诗词的人来说，他的每一首词，即便不能背全文，相信也是耳熟的。

李煜的词清丽婉约，后期作品还多哀愁，这和我的审美观并不相宜，可我却偏偏爱读他的词。

我读李煜的词，其缘起，是因为我少年时代听到的邓丽君的歌。

20世纪70年代末，邓丽君的歌跨过海峡来到大陆，一时之间掀起了一股狂潮。虽然有将其称为"靡靡之音"，但并不能阻挡人们对这些歌的喜爱。

在夜深人静时，总有人关掉灯，蒙在被窝里听邓丽君的歌，感受她甜

释文 / 王孙归不归
尺寸 / 2.7 X 2.3 X 6cm
材质 / 纯银铸造
重量 / 68.3g
时间 / 2018 年

释文 / 九万里风斯在下
尺寸 / 2.6 X 2.6 X 2.8cm
材质 / 纯银铸造
重量 / 67.5g
时间 / 2019 年

美嗓音带来的不一样的风情与别样的温柔。对那时的人们来说，这种温柔太久违了，这种温柔似乎补全了生命中曾经欠缺的部分。

我也是当时众多听众中的一员，时至今日，我依旧无法用语言表达出自己第一次听到邓丽君的歌时的感受，当她婉转的歌声从录音机里传出时，真是让人感觉全身酥软吧。

1983年，邓丽君发行了一张新专辑《淡淡幽情》，在这张专辑里，她演唱了十二首古诗词，李煜的《虞美人》便是其中之一。《虞美人》算不上邓丽君的代表作，但开了一代风气，此后很多港台歌手都演唱过古诗词。不过在我看来，后面诸多歌手的演唱，都没有能超越邓丽君的。

　　在这张专辑发行的同时，我就通过南方流传过来的盗版磁带，听到这首歌了。在邓丽君的演唱，《虞美人》里的婉约与哀怨被表达得淋漓尽致。这种美，和任何现当代文学作品所展现的美都不一样，带给我的印象也格外深刻。

　　在当时，我还不知道这首歌的词作者是李煜，直到稍微年长，读到一些文学书籍，看到这首词才知道其作者居然是鼎鼎有名的李后主。再然后，我才挨着寻找他的词作来读。

　　关于李煜的历史定位与文学成就不用我来做表述，我所能谈的，只是自己读他词的感受。就格局来说，李煜的词并不算大，前期的作品风花雪月，吟哦婉转；后期的作品伤春悲秋，思念故国。

　　通过他的作品，我猜测李煜的情商可能不太高。都成为赵匡胤的阶下囚了，还依旧作些怀念故国的词，诸如《破阵子·四十年来家国》之类，明目张胆地写着"一旦归为臣虏，沈腰潘鬓消磨。最是仓皇辞庙日，教坊犹奏别离歌，垂泪对宫娥"。

　　赵匡胤可是"卧榻之侧岂容他人鼾睡"之人，李煜写出这样的句子，的确是在找不痛快。这让他遭了不少嫉恨，同时也是他生命悲剧的注解。

　　但或许，正是因为这种没什么城府，倒是让他的作品显得分外纯粹，虽然词作风格是婉约的，但表达的情感却很直接，即便前期在宫廷中过着优渥生活时，他词作中的情感在我看来也是直接的。

　　就好像《浣溪沙·风压轻云贴水飞》："风压轻云贴水飞，乍晴池馆燕争泥。沈郎多病不胜衣。沙上未闻鸿雁信，竹间时听鹧鸪啼。此情唯有落花知。"相对于李煜其余的作品，这首词的知名度要低一些，但情景相融的描写，只在最后一句点题，真是讲出了那种相思入骨、令人哀伤的状态，读来韵味深长。

而且，李后主词的语言极美，确有翩翩公子出尘的感觉。他的《长相思·一重山，两重山》在语言上就很有意思，"一重山，两重山。山远天高烟水寒，相思枫叶丹。菊花开，菊花残。塞雁高飞人未还，一帘风月闲"。简单的词句，叠字，离愁别绪就在其中了。用这样简单的语言，如是深刻地表达这样复杂的情绪，在中国文学史上也不多见。

在李煜留存的三十多首词作里，很难说我最喜爱哪一首。或者更偏爱他后期一点的作品吧，毕竟那时他经历了身份的巨大转变，情感上也更复杂一些，体现在作品中，也让词作的韵味更长。

李煜后期的作品，几乎可以说得上是耳熟能详了，受过中学教育的人，大约都能背出来吧。传唱这么多年，也从侧面说明了其魅力之所在。

今天的人们，已经不太可能复制李煜的心境，但那种遗憾和惋惜的情绪应该是共通的，有时在相类似的情绪下，读到他的作品，也确实能引发不少共鸣。这种细腻的情感，始终是藏在人内心最深处的柔软，或者这也是我喜欢他的原因之一吧。

2018年夏于锦里

释文 / 都将万事付与千钟
尺寸 / 2.6 X 2.6 X 2.9cm
材质 / 纯银铸造
重量 / 75.4g
时间 / 2019 年

后记

将近三年过去，这本书终于完成了。在落下最后一个字时，我心中涌起了很多感慨。这些感慨，是复杂情绪的交织，很难用一两句话说清。我尝试讲讲这些感慨背后的内容，权当这本书的后记吧。

在写完这本书之前，我从未想过自己能写书，甚至我对自己的文字能力都很有疑惑。虽然我出过一些摄影作品集和篆刻作品集，但其中涉及文字的部分实在不多。

我从不认为自己是以文字见长之人，直到此刻我依旧如是认为。在我的观念里，文字是高妙的。一切艺术表达，其对情感的传递都不如文字。就好像民国时，美术界大家辈出，但若论对国民思想的影响，他们加在一起可能都不如一个鲁迅。

这本书的出现，于我来说，实在是一个偶然。

那是在2016年夏天，一场书法界朋友的聚会上，我认识了四川文艺出版社的前任社长吴鸿先生，熟络后，我们很快又有了第二次见面。那次碰面我送给了吴鸿先生我的篆刻作品集。读罢前言后记，吴鸿先生说我文字尚可，邀约我出一本散文随笔。

听到吴鸿先生的这番鼓励，我当时内心是激动而惶恐的。其一，我自认为不是一个文字工作者，也从未长篇地写过东西。其二，担心写不好，辜负了吴鸿先生的信任。

所以我并未答应。

很快，我和吴鸿先生再次见面，在这次会面中，吴鸿先生一再询问鼓励我。在那一刻，我心中也涌起了一些冲动，想要进行一番尝试，这才开始展开纸笔尝试书写。

对我而言，这是一个比较痛苦的过程，毕竟长年没有动笔，心头有很多想法可怎么也落不到纸面上。一年时间过去，只仓促成了数篇文字。

就写作而言，我谈不上勤奋，其一是能力有限，写了总难得满意。其二是很多思绪在心中翻涌，陈年旧事也总浮上心头，想到有些人和事，不免触景生情，实在提不起写作的心思。

写作计划在心，进度却堪忧，让我难免有些焦躁。就在此时，却又突然接到一个噩耗，2017年6月29日，吴鸿先生在克罗地亚突发疾病逝世。伤悲之余，更是就此停住，心中默想，或许此事就此打住了吧。

不久后，在另一场聚会中，我见到了四川文艺出版社的副社长周平先生，他知道吴鸿先生与我约稿一事，也鼓励我继续写下去。

社长相邀，对我而言这是极大的信任。完成这本书是我对自己的交代，同样也是对逝者的纪念。我想，我再没有丝毫理由懈怠与推辞了。

我不太善于使用电脑打字，每篇文章都是手写，再交由旁人打出。进度异常缓慢。幸亏著名作家伍立杨先生时时鼓励帮助，这才能让文章顺利书写出来。

在写作的过程中，我是想到哪写到哪，虽然没有明确的主题，但很多沉淀已久的思绪却从记忆深处冒了出来。

我想起了幼年时，在西昌的岁月，想起了那山道上，月光照在地面，像是撒满了盐；也想起了童年和少年时，在府南河边的日子，清澈的河水流过，带走了我童年的记忆与过往。

还有少年时，初次接触艺术的时日，会不会在那时，便已经在我心头埋下了关于此的种子？还有那情窦初开时，擦肩而过，再无来往的姑娘，不知此时你可又能读到我的文字？

这种书写，既是为了表达，同样是对我人生的梳理，这并非简历，并非要说明每个时刻每件事，而是将那些沉在心中的情感与记忆，挨个翻出来，梳理擦洗一番。或者，因为写这本书我更深刻地认识了自己？又或者，这只是一个中年人翻腾的记忆？

在这本书里，我还着重讲述了自己的艺术历程，这些历程在此前我从未做过梳理，仿佛从来便是如此。但沉下心来想想，实际这条道路带给我的东西很多，远不止刻好一方印，画好一幅画那样简单。

书里的闲言碎语，是我真诚的情感。但文字功底不够，很难说有没有将这些情感准确地传递给读者。写出这本书，更重要的，应该是我对自己的总结吧。

这本书在我手上，历时近三年，能写出来实在是超过我预期的。在这里，我要郑重感谢伍立杨先生、周平先生，没有你们的帮助，我成书的过程还要艰难与漫长得多。还要郑重感谢为我题写书名的莫言先生，为我作序的阿来先生。这本书，离真正的文学还相去甚远，但能劳动两位文学大家为我提笔，确实也是我的福气。

最后，我还想对吴鸿先生表示深切的悼念。没有吴鸿先生对我的鞭策，也不会有这本书的出炉。从某种意义而言，这也算是一种纪念吧。

2019年元旦于浣花溪